最後の晩ごはん

後輩とあんかけ焼きそば

椹野道流

角川文庫
22752

登場人物

イラスト／くにみつ

五十嵐《いがらし》海里《かいり》

元イケメン俳優。
現在は看板店員として料理修業中。

夏神《なつがみ》留二《りゅうじ》

定食屋「ばんめし屋」店長。ワイルドな風貌。料理の腕は一流。

ロイド

眼鏡の付喪神。海里を主と慕う。人間に変身することができる。

最後の晩ごはん　後輩とあんかけ焼きそば

五十嵐《いがらし》一憲《かずのり》

海里の兄。公認会計士。真っ直ぐで不器用な性格。

仁木《にき》涼彦《すずひこ》

刑事。一憲の高校時代の親友。「ばんめし屋」の隣の警察署に勤務。

里中《さとなか》李英《りえい》

海里の俳優時代の後輩。真面目な努力家。舞台役者目指して現在充電中。

最後の晩ごはん　後輩とあんかけ焼きそば

倉持《くらもち》悠子《ゆうこ》

女優。かつて子供向け番組の「歌のお姉さん」として有名だった。

砂山《さやま》悟《さとる》

カフェ兼バー「シェ・ストラトス」オーナー。元テレビ局のプロデューサー。

淡海《おうみ》五朗《ごろう》

小説家。「ばんめし屋」の馴染み客だが、今は東京と芦屋を行ったり来たり。

プロローグ

気がつくと、夏神留二《なつがみりゅうじ》は、小川のほとりに立っていた。

見覚えのない、奇妙な場所だ。

ミルクセーキのような色の空、そして、同じ色の細かい砂利が敷き詰められた地面。

自分が見ているのが空なのか地面なのかわからないし、そもそも両者の境目すら今ひとつハッキリしない。

地面を踏みしめると、やけにふにゃっと沈むような感覚があって、どうにもおぼつかない。

「どこやねん、ここは」

夏神は呆気《あっけ》に取られて、辺りを見回した。

不思議な眺《なが》めである。

建物一軒、木一本すら見当たらない。

ひたすらだだっ広いミルクセーキ色の空間を二分するように、ピョンと跳び越えられる程度の細い小川が、ゆるくカーブを描きながらちろちろと流れているだけだ。

（川の水は、さすがに普通の水みたいやな）

川面《かわも》に視線を落として、再び上げた夏神は、わっと声を上げ、一気に二歩、後ずさった。

さっきは確かに誰もいなかったはずの川向こうに、ひとりの人物が立っていた。

知った顔だが、既に死んだはずの人だ。

「師匠」

自然と、呼び名が口をついて出た。

ジャガイモを思わせる丸い顔、極限まで短く刈り込まれた坊主頭、小柄だがガッチリした身体つき、そして、ぐいと口角が下がった頑固そうな大口と、今にも飛び出しそうなギョロ目。

何もかもが夏神にとっては懐かしく、慕わしい。

生前と同様、腕組みして傲然《ごうぜん》と自分を見据えている老いた男の名は、船倉和夫《ふなくらかずお》という。

雪山で遭難し、仲間や恋人を失ってひとり生き残った夏神を、苦悶《くもん》と自虐の日々から連れ出してくれた命の恩人、そして料理を叩《たた》き込んでくれた恩師でもある。

「師匠、なんで……？」

成仏しはったはずやのに、と呆然《ぼうぜん》とした顔で呟《つぶや》く夏神に、船倉は仏頂面と野太い声で答えた。

「師匠が弟子のツラを見に来るのに、なんでもヘチマもあるかい」

死してなお鞭《むち》のような鋭い声音に、夏神の大きな背中が反射的にピンと伸びる。

「あの世からわざわざ、俺を見に……来てくれはったんですか？ ほな、この場所は」

「三途《さんず》の川の、支流の末の末や」

大真面目な顔で、船倉は言い放った。夏神は、驚き半分、呆《あき》れ半分で軽くのけぞる。

「支流て。三途の川に支流があるなんて、初めて聞きましたわ。ちゅうことは」

「このしょーもないせせらぎが、あの世とこの世の境やな。ワシのおるほうがあの世、お前が今立っとるんが、この世の端っこや」

「うわっ」

夏神はさらに半歩、後退した。どこから見ても豪胆そのものの夏神だが、その内側は意外と繊細で臆病《おくびょう》なのである。

「ワシは死んでしもたし、お前らに成仏さしてもろたから、この川から向こうへは行けん。せやし、お前をここに呼びつけたんや」

呼ばれた記憶のない夏神は、怪訝《けげん》そうに首を捻《ひね》った。

「こないな細い川、ひょいっと渡れそうですやん。こんなとこで立ち話もなんですし、俺がそっちに……」

「あかん。なんぼ支流でも、渡ってこっちに来たらお前、その場で死によるで」

「物騒やな！ っちゅうか」

夏神は、再び視線を下げ、自分の姿を見た。

足元は、先日、同居人であり弟子でもある五十嵐海里《いがらしかいり》がプレゼントしてくれた、鮮やかなブルーのビーチサンダル、いわゆる「ギョサン」だ。

大きな身体に纏《まと》っているのは、冬場のパジャマ代わりにしているジャージの上下である。

(そうやんな。俺、確か布団に入ったはずや。そうか、これは夢か。夢やな)

夏神はそう考えて、まだドキドキしている心臓を宥《なだ》めた。

夢にしてはあまりにもリアルだが、この荒唐無稽《こうとうむけい》な状況は、夢以外ではあり得ない。

(夢でも、師匠にまた会えて喋《しゃべ》れるんは嬉《うれ》しい。そや。こない嬉しい夢、そうそうあれへんで)

ならば思いきりこの夢の恵みを堪能《たんのう》せねばと、夏神はさっき下がった分、小川に近づいた。

「ほなこのままで。その……師匠にちょっと触るとかは」

「アカン。あの世のもんに、そう気軽に触るもんと違《ちゃ》うぞ、どアホ!」

生きていた頃さながらに叱られ、夏神は太い首を竦《すく》めた。そんなリアクションとは裏腹に、彼の精悍《せいかん》な顔には喜びの表情が浮かんでいる。

「すんません。そやけど師匠、成仏したら、人は綺麗《きれい》さっぱり消えるんと違《ちゃ》うんですか? また生まれ変わるとか、そういうアレやと俺は勝手に思うてたんですけど」

夏神のもっともな疑問に、船倉はようやく表情を緩め、腕組みを解いた。幾分てれくさそうに、思いのほか形のいい頭をするんと撫《な》でる。

「いずれはそうなるんやろな。そやけど実際、ワシはまだ消えとらん。こっちで呑気《のんき》な隠居生活や。まあ、いつまでこないなことができるかわからんけど、暇潰《ひまつぶ》しにお前の面構えを確かめに来た」

そう言って仰ぎ見るようにされて、今度は夏神が結んでいないザンバラ髪を後ろに撫でつける番である。

「相変わらずの見苦しいロン毛で、すんません」

「ほんまやで。はよそのへんちょろっと禿《は》げ散らかして、覚悟の丸刈りにせえ」

「や、それはもうちょっと先のことに」

「まあええわ。厨房《ちゅうぼう》に立つときはきっちり結んで、清潔な布でガチッと包むんやったら悪うはない。縛っといたら髪は落ちん言うんも、まあ道理やろう」

頑固一徹な船倉は、生前、そんな柔軟な言葉は決して口にしなかった。ああ、やはりこれは自分の都合のいい夢なのかと少しガッカリしながら、それでもやはり亡き師と話したくて、夏神は話題を変えた。

「それより師匠、ほな、俺を心配して、ここに呼んでくれはったんですか？」

船倉は、再び腕組みして頷《うなず》く。

彼は生前の制服であるコック服を身につけているので、傲然と胸を張ると、「洋食処へんこ亭」の厨房にいた頃と寸分違《たが》わぬ堂々たる姿である。

「そんなとこやな。どうや、定食屋の仕事は楽しいか。苦しいか」

短く問われて、夏神は気をつけの姿勢で即座に答えた。

「両方です。自分の出した料理をお客さんが喜んでくれはるんが、何より嬉しいです。イガとロイドがおってくれて、三人で店やれるんも楽しいですし」

「そらそやろな」

「そやけど一方で、お客さんが来てくれへんかったら苦しい。店やってけるやろかって、開かへん扉を眺めて、じーっと待ってるときの胸の苦しさ言うたらもう、たまらんもんがあります」

「ほう」

「俺ひとりやったらどないでもなりますけど、イガがいてますから。店員として雇うた以上、俺はあいつの生活に責任持たなあきません。安い言うても、あいつの給料出せるやろか、店畳むしなったら、退職金くらいは用意したれるやろかて、心の中でそろばんを弾《はじ》きまくったことも何度かあります」

正直な答えに、船倉は呵々《かか》大笑し、手を打った。

「そらええ。お前もいっぱしの『師匠』になったっちゅうこっちゃ。お前がおった頃のワシの気持ちが、ちっとはわかったか」

「わかりました。言うても、師匠の店はいつも流行《はや》っとったやないですか。お客さんが来おへんなんちゅう心配は……」

「阿呆《あほう》。そないな油断は、いっぺんもしたことがあれへんかったぞ」

夏神のツッコミを遮り、船倉はたちまち厳しい面持ちに戻った。

「うっ、す、すんません」

「お客さんは、厳しいもんや。どんな長年のご贔屓《ひいき》さんでも、ちょっとでもまずいもん出してしもたら、そこで足が遠のいてまう。変わらん味でもアカン。記憶ん中の料理は、どんどん旨《うも》うなっとるからな。それに負けんように、もっと旨いもんを作り続けなアカン。昨日の自分との競争が、毎日続くんや。そら苦しいもんやで。ワシは店やっとるあいだ、ずーっと苦しかったわ」

「はいっ」

実感のこもった恩師の言葉に、夏神は、これ以上ないほどの直立不動で返事をした。と同時に、心の中に疑念がわき上がる。

(待て待て。夢やったら、それはすなわち、俺プロデュースっちゅうことやろ。俺のこの貧相なおつむで、師匠がこないええこと言うてくれるように演出できるか？　無理やろ。これは……もしかしたら、ホンマにホンマの三途《さんず》の川なん違うか)

嘘をつけない夏神の顔には、そんな感情がそっくりそのまま出てしまっていたらしい。

「なんや、留二。もの言いたげな顔やのう」

ジロリ、いやギロリと、生前に勝るとも劣らない眼光で睨《にら》みつけられ、夏神は子供のようにブンブンと首を横に振った。

「いや、何でもないです。あの……もっと話、聞かしてください」

「そうか？　何の話やったかいな。そやそや、お客さんを繋《つな》ぎ止めて、店員を養《やしの》うて、ええ食材を仕入れて店を続けることのつらさ苦しさ、お前もようやっとわかったか」

船倉の口ぶりはずっと厳しいが、その声にはどこか面白がる響きがある。夏神は、深く頷いた。

「わかりました。俺が師匠んとこで、金の苦労も衣食住の心配もなく、ただ料理のことだけ考えて生きられたありがたみ、今になって骨身に沁《し》みてます。そやからこそ、イガにも要らん心配せんと、自分の将来だけを考えさしてやりたいと思うてるんです。なかなか師匠のようにはいかんで、あれこれ心配されてますけど。それに」

「それに、なんや？」

師匠の前では、あっと言う間に若き日の自分に戻ってしまう。そのことをありがたくも情けなく思いつつ、夏神は正直な気持ちを声に出してみた。

「今このときを大事に生きる。だいぶ前に、心に誓《ちこ》うたことです。過去は忘れんけど、それに囚《とら》われて今を無駄にしたらあかん。将来のことを考えるんは大事やけど、不安を大きゅう育てすぎて、今、動けんようになったら元も子もない」

「そのとおりや。なかなかええこと言うやないか」

船倉は、大きく頷く。夏神も頷き返してから、低い声で呟《つぶや》くように付け加えた。

「そやけど、イガやロイドと楽しゅう過ごせば過ごすほど、やっぱし心のどっかで、このまま時間を止めたいなあて思うてしまうんですよ。イガはいつか新しい道を探して、俺んとこから巣立っていく。そうやないとアカンて心から思うとんのに」

じっと夏神の嘆きに耳を傾けていた船倉は、ムスッとした顔のまま、片手をぐっと挙げて、自分より背の高い夏神の頭を叩《たた》く振りをした。

「アホンダラ！」

「すんません！　しょーもない泣き言を言いました」

かつて船倉から何百回と喰《く》らった五文字の叱責に、夏神はヒュッと首を竦めて謝った。

だが、続いて発せられた船倉の言葉は、まったく夏神の予想外のものだった。

「誰かを大事に思うたら、先の別れが怖ぁなるんは当たり前や。その気持ちは、大切にしょったらええ」

「大切に……ですか」

船倉は、頼りなげな顔つきの夏神を見据え、力強く頷いた。

「そや。別れのつらさは、それまでの幸せが大きかった証拠やないか。それは、受け取らんとしゃーないもんや。幸せとつらさの収支が合《お》うたっちゅうだけのことやで」

「収支」

いかにも経営者らしき言いように、夏神はキョトンとする。船倉は、子供に言い含める親のような口調で続けた。

「つらいなあ、寂しいなあて思うとき、そんだけ幸せをもろたんやなと考えたら、心が温《あった》こうなるもんや。ほんで、そうした幸せな思い出のひとつひとつが、つらいまんまでも、また一歩ずつ踏み出す力をくれるんや。人生はその繰り返しやで、留二」

「……はい」

「大事な人に出会いさえせえへんかったら、別れのつらさはあれへん。そやけど、出会えた幸せもあれへん。どっちがええかは好き好きやろけど……お前はどうやろな。とっくにわかっとるはずやと思うけどな」

そう言い終えると、船倉はニヤッとした。

「まあ、せいぜい気張りや。機会があったら、また呼んだる」

そんな言葉を残して踵《きびす》を返した師を、夏神は水際ギリギリまで踏み込んで呼び止めた。

「師匠！」

「……なんや？」

三歩歩んだところで、船倉は首だけを巡らせて振り返る。

「ほな師匠も、俺が独立さしてもらうとき、ちょっとくらいは寂しゅう思うてくれはったんですか？　俺に会《お》うて、いっとき俺が傍におって……よかったですか？」

思いきって問いかけた夏神に、船倉は「どやろかな」とだけ言って、生前は一度も見たことのない、カラリとした笑顔を見せた。

「！」

その表情に驚き過ぎた夏神が絶句しているうちに、船倉の背中はどんどん遠ざかり、ミルクセーキ色の背景に溶けてあっという間に見えなくなってしまう。

(師匠、行ってしもた。そやけど俺は、どないしてこっから帰ったらええんや？)

ひとり、謎めく空間に残された夏神は、狼狽《うろた》えてキョロキョロする。

すると、さっき船倉の姿が消えたあたりの空間に、ぽつんとこぶし大くらいの闇が生まれた。

まるでブラックホールのようなそれがどんどん周囲の白濁した世界を呑《の》み込んでいき、逃げる余裕もなく夏神の足元、いや、夏神自身までもがグルグルと凄《すさ》まじい勢いで回転しながら、その闇に吸い込まれてしまう。

「うわ……わああああああっ！」

バサリ。

絶叫には似つかわしくない、乾いた、そして間の抜けた音と共に、夏神の目が開いた。

「あ……あ？」

目に映ったのは、見慣れた、雑然とした茶の間の風景だった。

音を立てたのは、自分がはねのけた掛け布団である。

「寝……とった、な」

夏神は、掠《かす》れた声で呟いた。

窓から差し込む光で、室内は明るい。

平日は早朝に就寝し、昼過ぎに起床するので、目覚めがいいよう、敢《あ》えて遮光カーテンを使わずにいろせいだ。枕元の目覚まし時計を見れば、時刻はあと数分で正午になろうとしていた。

いつもより少し早い起床だが、頭はスッキリと冴《さ》えている。

「やっぱし、夢やったんか」

やはりと思う気持ちと、ちょっとガッカリした気持ちがない交ぜの複雑な心境で、夏神はむっくり身を起こし、顔に乱れかかる髪を鬱陶《うっとう》しげに掻《か》き上げた。

「夢でもええから、もっと師匠と話したかったな」

はっきり覚えている船倉とのやりとりを反芻《はんすう》して、夏神は深い息を吐いた。

ほんの短い時間、かなり簡潔な会話だったにもかかわらず、やけに気持ちがスッキリしている。

自分は、独り立ちした今になってもなお誰かに導いて貰《もら》いたいのだと痛感して、不甲《ふが》斐《い》ない気持ちは勿論《もちろん》ある。

だが、それ以上に、誰よりも信頼し、尊敬している人相手に、自分の心の深いところをさらけ出せた安堵《あんど》感《かん》と喜びが勝っていた。

「師匠、いつかまた会いに来てくれはるやろか。夢でも何でもええから」

そんな大雑把な願いを口にして、夏神は妙に爽快《そうかい》な気分で立ち上がり、布団を畳みにかかった……。

夏神が階下に行くと、海里とロイドがカウンター席でブランチを食べているところだった。

今日のメニューは、トーストとゆで卵、そしてバナナという実にオーソドックスなもののようだ。

「あっ、夏神さん、おはよ！」

「おはようございます！」

もはや午後だが、二人は元気よく朝の挨拶《あいさつ》をした。「起きたときが朝」というのが、何とはなしにこの店の不文律である。

「おう、おはようさん」

夏神は軽く手を挙げて挨拶を返し、厨房《ちゅうぼう》に入った。まずは、朝一番に飲むほうじ茶を用意するためである。

「トースト焼こうか？」

「いんや、自分で焼くからええ」

「そっか。今日は、こないだいかりスーパーで買ってきた、帝国《ていこく》ホテルの『ホテルピーナッツクリーム』を塗ったんだけど、ビックリするほど旨《うま》いよ、これ」

海里の明るい声に、ロイドも満面の笑みで言葉を添える。

「まことに！　帝国ホテルのお品でありながら、五百円にも満たない懐に優しい価格設定、ですのにこの滑らかさときたら。濃厚でありながら口溶けさらりと香ばしく甘く、実に素朴でありながら洗練された美味でございます。夏神様も、是非！」

「いや、だから、いつも言ってんだろ。俺より上手《うま》い食レポは控えろよ！」

「これはしたり。つい、前の主《あるじ》仕込みの豊かな語彙《ごい》が溢《あふ》れてしまいましたね」

「そういや、前のご主人は学者さんだっけ。つか、今の主は語彙力なくて悪かったな」

「いえいえ、我が主は単純明快が美徳であらせられますよ」

「全然、褒められてないことだけはわかる！」

朝から、いや、昼から賑《にぎ》やかなふたりのやり取りに微苦笑しつつ、夏神はやかんに少しだけ水を入れ、火にかけた。

そんな夏神に、海里は齧《かじ》りかけのトーストを皿に戻し、やや訝《いぶか》しげに問いかけた。

「なんかあった？」

思わぬ質問に、夏神は「あ？」と短く問い返す。

「いや、どことなくご機嫌だから。別にいつもは不機嫌ってわけじゃないけどさ」

どうやら無自覚のうちに、顔が綻《ほころ》んでいたらしい。夏神はまだヒゲをあたっていない頬を片手で撫《な》でつつ、曖昧《あいまい》に頷《うなず》いた。

「そやな、あった言うたらあったな」

「おっ。何？　宝くじ一等当選？　いや、年末ジャンボのはまだだもんな。違うか。じゃあ、遠い親戚《しんせき》のインド人が莫大《ばくだい》な遺産を？」

「アホか。そんなんやったら、小躍りしながら階段下りてくるわ」

「それもそうか。じゃあ何？」

「なんでございましょうね。何にせよ、夏神様がご機嫌麗しいのは喜ばしいことでございますが」

好奇心に瞳《ひとみ》をクルクルさせるふたりを見ていると、さっきの船倉との会話が夏神の脳裏に甦《よみがえ》る。

(そやな。どんだけ先の別れが辛《つろ》うても、こいつらと出会わんかったらよかったなんて、絶対に思われへんわ)

ほろりと笑って、夏神はこう答えた。

「やっぱし、今はこうでないと、と思うとったんや」

「こう？　どう？」

顔を見合わせ、ますます不思議そうな海里とロイドに、夏神はただ「こうは、こうや」と言って、笑みを深くした……。

一章　旅立つ君に

世間では、「セレブが暮らす街」として有名な、兵庫県芦屋市《あしや》。

隣の広大な神戸市《こうべ》を頭に見立てれば、さしずめ耳くらいのこの小さな自治体は、南は大阪湾《おおさか》に面し、北は六甲山系《ろっこうさん》に抱かれるというバラエティ豊かな環境を誇っている。

確かに、評判どおりの富裕層向けの住宅街があれば、山間《やまあい》にはかつて外国人向けの高級別荘地だったエリアもあるわけだが、市の大部分では、敢えて言うところの「普通の人々」が、静かに穏やかに暮らしている。

そんな芦屋市を南北に横切る芦屋川、そのほとりにある小さな、そして風変わりな定食屋が、「ばんめし屋」だ。

営業時間が「日没から日の出まで」というだけでもこの街では珍しいのに、メニューは日替わり定食一種類のみという頑固ぶりである。

それでも、店主の夏神留二が作る料理の旨《うま》さと、古びた店の温かな雰囲気に惹《ひ》かれ、夜の闇を抜け、客がひとり、またひとりと集まってくる。

決して大繁盛店ではないが、一度でも店を訪れた人の心には、スルリと根を下ろしてしまう。それが、「ばんめし屋」の持つ不思議な魅力なのだ。

十一月も下旬に差し掛かったある木曜日、午後二時過ぎ。

その「ばんめし屋」では、店員総出で仕込みの真っ最中だった。

週末はしっかり休む店なので、月曜日は仕入れた食材の量と種類ともに他の曜日より多い。下拵《したごしら》えの作業も他の日の分も多少あるので、店長の夏神だけでなく、元芸能人、現住み込み店員の五十嵐海里、そして、海里の「僕《しもべ》」であり、眼鏡の付喪神《つくもがみ》であるロイドも、それぞれの作業に励んでいた。

「夏神様、水菜のカットは、どのくらいの長さがよろしゅうございますか？」

ワイシャツの袖《そで》を肘《ひじ》までまくり上げ、胸あてつきのエプロンをつけたロイドは、いつものように丁寧な口調で夏神に訊《たず》ねた。

コンロ前に立っている夏神は、右手の親指と人差し指で長さを示してみせる。

「こんくらいでええ。そやな、五、いや、六センチっちゅうとこか。そのあたりやったら、適当でええで。むしろ、葉んとこと茎んとこをきっちり分けといてくれ。火の通り方がちょいと違《ちゃ》うからな」

「かしこまりました！　そこはぬかりなく」

ロイドは晴れやかな笑顔で応じ、目礼した。

事情を知らない人が見れば柔和な初老のイギリス紳士としか思わないだろうが、何しろ本体がセルロイドの眼鏡なので、熱には極めて弱い。

　本人は好奇心旺盛《おうせい》で、店の仕事は何でもやりたいところなのだが、火を使う作業も、熱源に近づくことも避けなくてはならない。自然と、厨房における彼の作業場はガスコンロからいちばん離れた冷蔵庫前、そして作業内容は野菜を洗って切ることが主になっている。

「ああ、そやそや。水菜は、根っこの近くに土が残りやすいから、切る前によう洗《あろ》うてな」

「はいっ」

　いい返事をしたロイドは、早速、水仕事用のゴム手袋をはめる。

　それを横目に、黙々と大量の鶏《とり》ササミの筋取りをしていた海里は、夏神に話しかけた。

「水菜の旬て、冬？」

　寸胴鍋《ずんどうなべ》から長いままの昆布を引き上げ、次に大きな手で鰹節《かつおぶし》をむんずとふた摑《つか》み投入してから、夏神は即座に答えた。

「今時分から春先までが旬やわな」

「そっか。スーパーには年がら年じゅうあるけど、やっぱ冬に食べたくなるよね」

「そやなあ。まあ、サラダとかやったら夏でもさっぱりしてええんやろけど、火ぃ通すんやったら、やっぱし冬の野菜っちゅう気がするな。株が太うなって、茎が長《なご》う育って、値段もうんと安うなる。今日は副菜やから薄味であぶらげとさっと炊くけど、もっと濃い出汁《だし》で、薄切りの魚とハリハリ鍋にしても旨いもんやで」

「ハリハリ鍋って、食べたことない。いつか、週末の飯で食わせてよ」

「ええで。ご馳走《ちそう》したろ。昔は鯨でやったもんやけど、今はブリあたりが安うなって、しかも旨い。ブリの脂を、水菜がさっぱりさしてくれるねん」

気前よくそう言って、夏神は寸胴鍋をシンクに運んだ。あらかじめ用意しておいたもう一つの寸胴鍋に、澄んだ出汁を濾《こ》し入れる。もうもうと上がる湯気に、海里はふんふんとウサギのように鼻をうごめかせた。

「いい匂い。ここに来る前はそんなこと思いもしなかったけど、出汁の匂いっていいもんだよな。なんか、幸せになる」

「そやなあ。何となくやけど、やっぱしこうやって大鍋でたっぷり引いた出汁は、格別に旨い気ぃがすんな」

夏神は、濾した後の鰹節をギュッと絞ってから、ラップフィルムに包んだ。

こうやって出し殻の鰹節が出るたびに冷凍保存しておき、ある程度溜《た》まったところで包丁で細かく刻んで甘辛く炒《い》りつけ、白ごまをたっぷり混ぜ込んでふりかけを作る。

そんな「始末」なふりかけは、店の客にそのままサービスで提供することもあるし、残りご飯をおむすびにするとき具材にしたり、胡瓜《きゅうり》の塩もみと和《あ》え、ラー油を軽く垂らして副菜を作ったりもする。

そうした食材をできるだけ無駄にしないやりくりも、海里が夏神から教わったことの一つだ。

「鰹節のふりかけ、大根の葉っぱを茹《ゆ》でた奴と合わせても旨いかな？　ほら、今日届いた大根、めちゃくちゃ立派な葉がついてただろ。あれ、使えるかなって」

海里がそんなアイデアを出すと、夏神は「おっ」というように軽く眉《まゆ》を上げた。

「ええこと言うやないか。旨いで。大根の葉っぱと鰹節は出合いもんや」

大阪育ちの人間らしい表現で相性の良さに太鼓判を押しつつも、夏神はこう付け加えた。

「そやけど、ただ茹でて絞っただけの大根葉は水くさいからな。ふりかけにする前の鰹節と合わして、一緒にごま油で炒りつけてよう水分飛ばしてから、濃い目に味付けしたらええわ」

「あ、なるほど！　あとでやってみていい？」

「勿論《もちろん》、ええで。上手《うま》いことできたら、お客さんの飯にちょんと載せさしてもろたらええやないか」

「マジで！　よっし、頑張ろ」

ガッツポーズをしてから筋取りの作業を再開した海里は、手を動かしながら小首を傾げた。

「そういえば、大根はどうすんの？　今日の日替わりは、『チキン南蛮・水菜と油揚げのさっと煮・五日豆・ごはん・味噌汁《みそしる》』だろ」

　夏神は、引いたばかりの金色の出汁を、味噌汁用と煮物用の鍋に注ぎ分けながら答えた。

「尻尾《しっぽ》のほうだけ、味噌汁に使う。あとは中途半端に南京が残っとったから、今日の味噌汁は大根と南京や。どっちも沈む素材やから、注ぐときよう気ぃつけぇよ」

「あはは、最初のほうだけ具だくさんになって、あとは上澄み……っての、ここに来たばっかりの頃やらかしたな、俺」

　あっけらかんと笑う海里に、夏神も苦笑いした。

「慌てて麸《ふ》とワカメを足してやり過ごす羽目になったん、よう忘れんぞ」

「あんときは、ホント悪かったよ。今は、もうちょっと進歩したから大丈夫！　最後まで、具材は均等割にする。で、大根本体は？」

「そやなあ。こない立派な奴が来ると思うてへんかったから、大根おろしかみぞれ餡《あん》にでも使うつもりやってんけど」

「勿体《もったい》ないよ。もっとこう、輪切りの大迫力で……あっ、そうだ。そろそろ日替わりにおでんを登場させてもいいんじゃない？」

　海里の提案に、夏神はいかつい顔をほころばせた。

「おう、そやな。おでんか。大根を主役に、練り物とコンニャク……今やったらまだ明日《あした》の配達の注文が間に合うな。出しとこか。大根は下茹《したゆ》でせんなんから、あとで直で買い足しに行くとして」

夏神はガスコンロの前を離れ、戸棚からガサガサとノートパソコンを引っ張り出した。電源を入れ、立ち上げを待つ間に、手元のメモ帳を引き寄せ、おでんに必要な食材を書きだし始める。

以前は、食材の仕入れは電話やＦＡＸ、あとは直接買いに行くことがほとんどだったが、最近では、信頼できる店舗や製造元を選び、インターネットで注文することも多くなった。

「おでんですか。熱々をはふはふと頬張ることができる人間の皆様がたはよろしいですね。わたしはそんなことをしようものなら、たちまちとろけてしまいますから」

切り揃えた水菜を密封できる袋に詰めながら、ロイドは心底羨《うらや》ましそうにそんなことを言う。夏神は、真顔で「そればっかりはなあ」と応じた。

「熱々が食えないのは可哀想だけど、そこはマジでこらえろよ。フレームが曲がっちゃったら一大事じゃん」

「一大事どころではございません。絶体絶命のピンチでございますよ」

「じゃ、耐えるしかないだろ。ちょっと冷めたおでんも、味が染みてて旨《うま》いと思うよ。あ、そういえば」

海里は、再び夏神を見た。

「おでんにも、昔風ってあんの？　つか、昔からおでんってあんのかな」

その質問に、夏神はバンダナの下の大きな目をキラリと光らせた。

夏神は、戦前戦後の家庭料理を研究し、素材や味付け、調理法を現代の食習慣にふさわしくアレンジして紹介することをライフワークにしている。

日替わり定食にそうした料理を頻繁に組み込み、地元の新聞で週に一度、「昔の味を、今日の食卓に」というコラムを担当してもいる。

その新聞記事にもじわじわと固定ファンがつき、夏神の料理に興味を持って店に足を運んでくれる人も増えた。夏神としては、いっそう研究に熱が籠《こ》もるというものだ。

「おでんはそもそも、田楽から始まったんや。知っとるやろ。豆腐やらコンニャクやらを長細うに切って、串《くし》打って、焼いて……」

海里よりも先に、ロイドがポンと手を打つ。

「味噌《みそ》だれをつけて召し上がる、あれでございますね。前の主《あるじ》が、晩酌のお供に頻繁に作っておられました。箸《はし》で食べるから串は省略だとお笑いになり、フライパンで焼いておられたようでした」

海里は驚いた様子で、ロイドと夏神の顔を交互に見た。

「田楽って、おでんのルーツだったのか！　俺、生麩田楽が好き。前にグルメ番組のロケで金沢《かなざわ》に行ったときに食ったの、最高に旨かった」

「金沢の生麩は有名やからな。まあ、田楽自体は室町《むろまち》時代からあったて言うで。それが江戸《えど》時代に、今のおでんに近い『煮込み田楽』になったらしいな。本の受け売りやけど」

夏神の説明に、海里とロイドは授業を受ける小学生のような素直さで頷《うなず》きながら耳を傾ける。

「江戸時代からかあ。じゃあ、昔の料理の一つに数えてもいいんじゃね？」

海里に水を向けられ、夏神は低く唸《うな》って首を捻《ひね》った。

「江戸時代の煮込みおでんは、かなり濃い目の醤油《しょうゆ》味やったみたいやで。それがもうちょいつゆだくになって、関東のおでんに。それが関西に伝わって、こっち好みの淡い味の出汁《だし》になって広まったようやな。ちょー待ちや。確か……」

夏神は手を洗ってよく拭《ふ》いてから、本棚代わりにしている低い場所にある戸棚を開け、しばらくガサゴソしてから、大判の冊子を選び出して海里のもとへ持ってきた。

「これは昭和十三年の婦人雑誌の附録レシピ集なんやけど」

「昭和十三年というと……ええと、西暦一九三七年？」

「いえ、一九三八年では？」

すかさず異を唱えたロイドに、夏神は「正解」と笑って告げる。悔しがる海里の前に、夏神は開いたページを示した。ロイドも夏神の横に来て、誌面を覗《のぞ》き込む。

紙は茶色く経年変化しているが、黒々した活字は問題なく読める。

「あっ、『関東風の煮込みおでん』と『関西風のおでん』、両方のレシピが載ってる！夏神さんの言ったとおりだ。夏神さん、料理の本をたくさん持ってるのに、よくここに載ってるって覚えてたね！すげえ」

「記憶力には、ちょいと自信があるからな。興味のあることだけやけど」

夏神はちょっと得意げに胸を張り、レシピの表記を辿《たど》った。

「ほれ、『関東風の煮込みおでん』の具は、コンニャク、焼き豆腐、はんぺん、がんもどき、さつま揚げ、生揚げ、ちくわ、里芋、大根、椎茸《しいたけ》、イカ、貝類……」

「イカ？」

「まあ、手に入りやすいもんを何でもぐつぐつ煮てしもたらよかったんやろ。出汁の味が濃いから、毎日煮返せば傷みにくかったやろし」

「あ、なるほど。そういう事情もあるか」

海里は感心して小さく幾度も頷き、ロイドは「関西風のおでん」の具材を読み上げた。

「関西風の具材は、焼き豆腐、大根、海老芋《えびいも》、巾着《きんちゃく》、うずらの卵、つみれ、タコ、白菜巻き……ああ、これは関西ならではでございましょうな。鯨！」

夏神も感慨深そうに同意した。

「この『鯨の白身』っちゅうんは、コロのことやろ。確かに、昔ながらの関西おでんの、今となっては超高級ネタやな」

「関東のより淡い味の出汁で根気よく煮るって書いてあるな。だから、具材もわりと繊細な味のものがラインナップに入ってくるのかも。昔の料理って、面白いね。夏神さんが勉強するのもわかる気がする」

海里にそんな風に言われて、夏神は嬉《うれ》しそうな顔をした。

「そやねん。特に戦前の家庭料理雑誌はおもろいで。和洋中をガンガン取り混ぜて、家庭の主婦たちに紹介しようとしとる。ほれ、ここところか見てみ」

夏神が開いてみせたページには、『アラビヤ風のつぐみの煮込み』やら、『鳩肉のカツレツ』やら、『雉肉《きじにく》のロースト』やらといった、現代の家庭ですらまず作らないであろう凝った料理が並んでいる。

「すっげ！」

「これはまた。たいへん魅力的ではありますが、現代の食卓には……」

海里とロイドが素直な感想を口にするのを楽しげに聞きつつ、夏神は顎《あご》に手をやった。考えごとをするときの、彼のお決まりの癖である。

「新聞記事にするんやったら、鶏肉《とりにく》一択やな。面白みはあれへんけど」

「そりゃそうだよ。つぐみ買ってこいとか言われても、困っちゃうだろ普通に」

海里がクスクス笑ったそのとき、突然、店の扉が開く音がした。三人は、口を閉じて、同時に入り口のほうを見た。

この店の営業スタイルを知らない人が、遅めのランチを求めて、たまに店に入ろうとすることがある。そんな人がまた来たと思って、「まだ店開けてないんです。すみません」と言いかけた海里は、そっと店内を覗《うかが》う人物の顔を見て、「ま」の唇の形のまま固まった。

代わりに、「おっ」と軽い驚きの声を上げたのは、夏神である。

「あ……え、えっと、お忙しいときにすみません。こんにちは」

三人分の視線にあからさまにオドオドしつつも礼儀正しい挨拶《あいさつ》をしてお辞儀をしたのは、海里の芸能人時代の弟分、里中《さとなか》李英《りえい》だった。

弟分といっても、同じミュージカルでデビューしたので、実際は同期である。

しかし李英は、年齢が少し上の海里を実の兄のように慕っており、弟の経験しかない海里のほうも、大喜びでお兄ちゃんぶって、李英を可愛がってきた。

その関係は、海里がスキャンダルに巻き込まれ、芸能界を追放された後も変わっていない。

地道に小規模な舞台作品に出演し続けて経験を積み、新進気鋭の舞台役者として注目されるようになってからも、李英は決して海里を見下すことなく、昔と同じように尊敬し続けている。

「李英！　よく来たな！」

不意打ちの驚きからすぐ立ち直った海里は、エプロンの裾《すそ》で手を拭きながら、カウンターの外に飛び出した。

夏神とロイドにも笑顔で挨拶をされ、李英はそこで初めて肩から力を抜いたが、まだ店の入り口で立ち止まったままである。

「あの、アポも取ってないので、お取り込み中だったら出直します」

「ばーか、弟分が兄貴分に会いに来るのに、なんでアポが要るんだよ。いいよね、夏神さん？」

た。

「当たり前や。さ、座り」

夏神は、カウンター席を指さして中に入るよう促す。すると李英は、ようやく安心した様子で店に入ってきて、オーバーサイズのモッズコートを脱ぎ、席にちょこんと着いた。

いわゆる二・五次元出身の若手にはモデルばりにお洒落《しゃれ》な俳優が多い。

海里もかつてはそんなファッションリーダーのひとりだったが、今は経済的な事情もあり、衣服やアクセサリーへの興味は薄らいでいる。身につけるものは、「比較的安価で、ざぶざぶ洗えて、アイロンが不要」という条件で選ぶようになった。

一方の李英は、素直でありながらこうと決めたら譲らない頑固な性格そのままに、ファッションにもこだわりがある。

流行《はや》りのアイテムには見向きもせず、身につけるのは、決して高価ではないが、ベーシックでシンプル、年齢を問わず着られるタイプの服ばかりだ。地味な中に、一点だけ鮮やかな色のものを纏《まと》うのが、李英流のお洒落であるらしい。

今日のワンポイントは、カーキ色のバッグの肩掛けベルトに結んだ、鮮やかなオレンジを基調にしたバンダナだろうか……と思いつつ、海里は李英の隣の席の椅子を引き、腰を下ろした。

「よく来たな! 今は、舞台の仕事、入ってないのか?」

顔を覗き込むようにして問われ、李英は伸びかけた前髪の下のつぶらな目を和ませた。

「今は何も。先月は、先輩とロイドさんで大阪の舞台を見に来てくださって、ありがとうございました。けっこう遠かったし、場所もわかりにくかったでしょうに。しかも上演が押したせいで撤収が大急ぎで、ろくにご挨拶もできなくて」

感謝と謝罪の言葉を続け様に口にされて、海里は慌てて片手を振った。

「いいんだって！　楽屋に押しかけようなんて、はなから思ってなかった。小劇場だと、楽屋も滅茶苦茶《めちゃくちゃ》狭いだろ。よそ者が入ると絶対邪魔だから。あとあの劇場がある辺り、夏神さんが詳しかったんだよ。ね？」

海里に水を向けられ、夏神は李英のためにお茶を煎《い》れながら同意した。

「昔、住み込みで世話になっとった洋食屋が、あの小劇場の最寄り駅から一駅んとこにあってな。だいたい場所がわかったから、イガに道を教えられたんや。ホンマは俺も行きたかったんやけど、先約があったもんやから、悪かったな」

「素晴らしいお芝居でしたから、夏神様にも見て頂きたかったですねえ」

「いえ、そんな！　わざわざ足を運んでいただくようなものでは……」

恐縮した李英は、顔を赤らめて両手をぶんぶんと振る。

いつになっても初々しいそんな仕草に、海里は懐かしそうに笑った。

「そんなに謙遜《けんそん》しなくていいだろ。堂々たる客演枠だったんだから」

李英はますます顔を赤くしたが、海里の言葉は、決して誇張ではない。

昨年、舞台の仕事に専念しようと決意した李英は、ドラマの仕事を増やしたがる事務所を退社して、関西にやってきた。

マスコミの憶測ありきの取材から逃れるためでもあり、新しい事務所に正式に所属する前に関西の文化や言葉に触れ、俳優としての引き出しを増やしたいという前向きな想いもあっての決断だった。

阪神間《はんしん》のあちこちに住むうち、地元の小劇団に誘われ、公演に参加する機会も何度かあった。海里とロイドが鑑賞したのは、そんな公演の一つだったのである。

「もしかして、LINEと電話で感想言ったんじゃ、足りなかったのか？　直で聞きたくて来た？」

からかい口調で海里に訊《き》かれ、李英はまだ赤い顔のまま、首を横に振った。

「いえ、先輩にあんなに褒めてもらえるような芝居じゃなかったから、穴があったら入りたいです。ああいう凄《すご》く小さなハコで殺陣《たて》をやるのに慣れてなくて、どうしても動きがせせこましくなってしまって」

「そりゃしょうがねえよ。刀を振り回したらあちこち当たるし、お客さんもめちゃくちゃ近いし。割れた欠片《かけら》でも飛んでって当たったらって思うと、気が気じゃないだろ」

「そうなんです。でも、そんなことにビビって気が散るようじゃ役者じゃねえ、素人だって、録画を見せたササクラさんにもこっぴどく叱られました」

李英の言う「ササクラさん」というのは、有名俳優のササクラサケルのことである。子供向け番組出身という、彼が若い頃には誰からも軽く見られるポジションから努力を重ね、今や誰もが彼を「主役を張れる演技派俳優」と認識するまでになった。

同様に、ルックスばかりが話題になりがちなジャンル出身の海里や李英にとって、ササクラは大いに尊敬できる憧《あこが》れの大先輩なのだ。

そのササクラは、自分が経営陣に名を連ねる芸能事務所に李英をスカウトするほど、彼の才能を高く買っている。

「ササクラさんが叱るってのは、期待の表れだろ。あの人、どうでもいい相手には目もくれないと思うぞ」

海里がそう言うと、李英はどこか嬉《うれ》しそうに頷《うなず》いた。

「はい。だから、ガッカリさせないようにもっと頑張らないと。『あれじゃ、せっかくお前を誘ってくれた劇団に、先輩として顔向けできねえぞ』って、ササクラさん、劇団の代表者の方に、お詫《わ》びの電話までしてくださったそうです。『いつか、俺に埋め合わせをさせてください』って。劇団の皆さんが、感激しておられました」

「そういうとこだよなあ……！　親分肌、かっこいい」

「本当にありがたくて……ゲホッ、コホ」

話の途中で突然咳《せ》き込んだ李英の背中を、海里は慌ててさすってやった。

「どうした？　風邪か？」

咳《せき》の発作に苦しそうにしつつ、李英はどうにか首を縦に振る。夏神は、熱い煎茶《せんちゃ》の湯《ゆ》呑《の》みを李英の前に置き、その横に大急ぎで水を汲《く》んだグラスを添えた。

「水、飲み。のど飴《あめ》も出そか？」

片手を小さく振って、おそらくはのど飴のほうを断り、李英はごくごくとグラスの水を飲み、しばらく苦しそうに沈黙していたが、ようやく溜《た》め息をついて口を開いた。

「すみません。この十日ほど、咳が酷《ひど》くて。あと、熱っぽいんですけど、家に体温計がないので、ハッキリしなくて」

「そら、風邪やろ。そう言うたら、ちょっと痩《や》せたん違《ちゃ》うか？　頬が削《そ》げとるで」

夏神はカウンター越しに心配そうな顔をする。海里も、弟分の顔をしげしげと見て、眉《まゆ》をひそめた。

「俺、てっきり舞台の稽古《けいこ》で身体が絞れたんだと思ってたけど、確かに痩せてるよ、お前。大丈夫か？」

どうにか落ち着きを取り戻した李英は、まだ軽い咳を断続的にしながらも、笑顔で否定の言葉を口にした。

「ここのところバタバタしていたので、そのせいだと思います。あと、僕、色々とアレルギー持ちなんで、引っ越し荷物をまとめたときに、埃《ほこり》をたくさん吸っちゃったんじゃないかな。風邪っていうより、アレルギーのちょっと酷い奴かな」

「引っ越し？」

他の三人の声が、見事に重なる。

「里中様、また何処かへ移られるのですか？　次は奈良とか？」

ロイドの質問に、李英は笑って答えた。

「いえ、年内に東京へ戻ることになりました」

それを聞いて、海里は思わず李英のほうへ身を乗り出す。

「ってことは、ついに新しい事務所に正式移籍発表か？」

李英は嬉しそうに頷く。

「はい！　年明けに、ササクラさんが出演する、かなり大がかりな舞台の稽古が始まるんです。僕、フリーの役者としてその舞台のオーディションを受けて、メインではないですがいいお役をいただいたので、ササクラさんが『東京の戦場に戻るには、いいタイミングだろ』って言ってくださって」

「いちいち言うことがかっこいいなあ、もう！　けど、よかったな。ササクラさんのバーターじゃなくて、正味のお前を評価してもらえたってことだろ？」

「はい。なので、東京に戻って体調や環境を整える時間が十分ほしいですから、あちらの新しい住まいに入居できるようになり次第、戻ろうと思います。もう、荷物はあらかた実家に送って、今は身軽です」

「そっか……。寂しくなるけど、喜ばなきゃな！　で、それまでは？」

そこで李英は、急に悪戯《いたずら》っぽい笑みを浮かべた。

「ほんとは一度、芦屋に住んでみようと思ったんですけど、気に入った短期貸しマンションが隣駅の甲南山手《こうなんやまて》の近くに見つかったので、そこに決めました。週明けに移ります。

だいぶ近くなりましたから、東京に戻る前に、何度か食事に寄らせていただきたいな」

「勿論《もちろん》や！　毎日でもええで」

夏神は声を弾ませたが、李英は「それだと、美味《おい》しすぎて太ってしまいます。すみません」と申し訳なさそうに首を竦《すく》めた。

「褒められてしもた」

気を悪くした風もなくそう言うと、夏神はやはり心配そうな顔でこう言った。

「さっきから顔を赤《あこ》うしとったからわからんかったけど、やっぱし顔色もあんましようないで。体重管理も大事やけど、そないゴホゴホしとるときは、栄養のあるもんを食わなアカン。昼飯、食うたか？」

「あ……い、いえ、でも」

正直者の李英は、食べていないことを素直に認めつつ、同時に夏神の親切を察して遠慮しようとする。

だが、それをスパッと無視して、夏神は強い調子で宣言した。

「なんぼ営業時間外でも、そこに座ったたっちゅうことは、俺の客や」

「えっ？」

「しっかり食うていってもらわんと、俺の気が済まん」

わざと高圧的に言い放ってから、夏神は迫力のある表情から一転、人好きのする笑顔になって李英に訊《たず》ねた。

「そうは言うても、無理して食うてほしゅうはないからな。食いたいもん、食えるもんを教えてくれ。できる範囲でちゃちゃっと用意するから」

そう言われて、李英はやはり申し訳なさそうに、グレーの温かそうなセーターに包まれた肩をすぼめ、海里をチラと見た。

正直に言っとけ、と言葉で言う代わりに、海里は真顔で夏神のほうに顎《あご》をしゃくってみせる。ロイドも、こくこくと頷き、両の拳《こぶし》を握って、頑張れのポーズをしてみせた。

「えっと、ですね」

李英はまた小さく呟き込みながら、意を決したように夏神の顔を見上げた。

「美味しいお味噌汁《みそしる》が飲みたいです。自分では上手《うま》くできないので。こっちに来てから好きになった白味噌の、野菜がたっぷりの……」

「おう、ええで。具だくさんの味噌汁な。ほいで？」

「あとは……やっぱり野菜たっぷりの炒《いた》め物が食べたいかな。短期貸しマンションのキッチンは小さくて、ＩＨコンロもあまり性能がよくなくて、野菜炒めが水っぽくなっちゃうんです」

「なるほど。わかった。飯は……」

「す、すみません。糖質制限してるんで、ごはんはなしで」

「そうか？　体調悪いときくらい、食うたらええのに」

「朝は食べてますから」

李英は、早口で弁解する。朝も控えていそうだと心の中で思いつつ、海里は夏神に「言うとおりにしてやってくれ」と目配《めくば》せをする。人に気を遣ってばかりの李英が、こうして自分の希望や我が儘《まま》を言うには、かなりの勇気を振り絞っているに違いない。

具合がよくないときに、過剰に緊張させたくないという兄貴分ならではの思いで、海里はわざと元気の良い声を張り上げた。

「よーっし。そんじゃ、味噌汁は俺担当でいい？　さっき引いた出汁《だし》、使っていいでしょ、夏神さん」

夏神はしぶしぶ折れて、了承の言葉を口にした。

「ほな、せいぜい旨《うま》い奴を作ったってくれ。俺は野菜炒め……そやな。栄養のつきそうなやつをちゃちゃちゃっとな」

後半は独り言のように呟《つぶや》きながら、夏神は既に戸棚を開け、調理を開始している。

「楽しみでございますね！」

海里が厨房《ちゅうぼう》に移動してしまったので、李英が手持ち無沙汰《ぶさた》にならないよう、ロイドはごく自然に海里が座っていた椅子に腰掛け、話し相手を買って出る。

「申し訳ないですけど、凄《すご》く楽しみです。ここしばらく、節約して自炊ばっかりだったんで、つい、いい加減なもので済ませがちで」

李英も、常にご機嫌でフレンドリーなロイド相手だと気が楽らしく、肩から力を抜き、微笑んだ。二人が交わす他愛《たあい》ない会話に耳をそばだてつつ、夏神と海里は手持ちの食材を分け合ったり奪い合ったりしつつ、それぞれの料理を手早く作っていく。

やがて、李英の前には、いつも日替わり定食のメインを盛りつける丸皿と、たまに使う大ぶりの汁椀《しるわん》が置かれた。

「じゃ、俺のから。リクエストどおり、具だくさんの味噌汁、白味噌仕立て！　具材は……豚肉薄切りだけ夏神さんと被《かぶ》っちゃったけど、あとは違うもんを使った。メインは白菜。そろそろ甘くなって旨いから、細切りにしてクタクタにした。あとは長ネギ、しめじ、大根、サツマイモ！　まあ、サツマイモ二きれ程度の糖質は食っとけよ。俺のほうは、これは野菜だって言い張る所存だからな」

海里に笑い交じりにそう言われ、李英はさすがに「お断りします」とは言えず、こっくり頷《うなず》いた。

「ありがたくいただきます」

「よっし。で、夏神さんのほうは……」

夏神もニヤリとして話を引き継いだ。

「俺のほうも、野菜炒めの一種っちゅうことで、麩《ふー》チャンプルーを作ってみた」

李英は、軽く目を見開く。

「麩チャンプルー！　沖縄料理ですよね。僕、実は食べたことがなくて。これがそうなんですね」

「本場の奴とは違《ちゃ》うかもしれんけど、俺流や。その丸っこい麩が、最近、気に入っとってな。『くさの麩もち』て言うねんけど、丸っこくて柔《や》らこうて、食感が優しい。里中君が制限しとる炭水化物も、白飯やパンよりは少ないはずや。おまけにカロリーが低うて、タンパク質が豊富。まあまあええ食材やろ？」

「あ……なんか、気を遣っていただいてありがとうございます」

「あとは、豚肉の他はイガと被らんようにしたで。ニラ、モヤシでシンプルに炒め合わして、溶き卵でばーっととじた。味付けも、いつも定食屋で出すより淡《あお》うしたから、食べやすいと思うわ。まあ、食うてみてや」

カウンターの中のふたりに期待の眼差《まなざ》しで見つめられ、李英はいささか居心地悪そうに、それでも「いただきます」と礼儀正しく一礼して、箸《はし》を取った。

まずは、大ぶりの椀になみなみと注がれた汁から、野菜が島のようにこんもり盛り上がるほど具だくさんの味噌汁に口をつける。

一口、二口飲んで、野菜とほんのちょっぴりの豚肉を口に運び、李英はほうっと息を吐いた。

「美味しい。白味噌のまったりが、サツマイモの甘さでブーストされてますね。糖質制限ダイエットには問題ありかもですけど、昼ご飯だし、まだカロリーを消費する余地はありますし、これはよしとしたいです。身体が喜んでる感じがしますから」

「そうだろ！　よーし、合格いただきました！」

俺のは、と言いたげに夏神が凝視してくるので、李英はすぐに麩チャンプルーにも箸をつけた。

ふわっと卵でとじられた野菜と豚肉、それに麩を一緒に頬張り、何度か咀嚼《そしゃく》するうち、李英の痩《や》せた頬に、自然と笑みが広がっていく。

「こっちも美味しいです！　うわあ、このお麩、物凄《ものすご》く肌理《きめ》が細かい。甘じょっぱい味をたっぷり含んでて、口の中でもう一度、野菜と肉に味付けしてるみたいな感じです」

それを聞くなり、夏神は破顔した。心から喜んでいる表情である。

「そら、最高の褒め言葉やな。塩胡椒《しおこしょう》と、あとは醬油《しょうゆ》とちょっとだけ味醂《みりん》も入れて、まあるい、やらかい味に仕上げてみたんや。気に入ってくれたか」

「はい！　どっちも美味しくて元気が出ます。明日《あした》には、この咳《せき》、止まってるんじゃないかな」

なおもときおり咳《せ》き込みながらも、李英の箸は止まらず、食べ進めているうちに心なしか頬の血色もよくなってきたように見える。

「こんなんでよかったら、俺らいつでも作ったるさかいな。東京に戻る準備で忙しいやろけど、いつでも遠慮せんとおいでや。店やっとらん時間でも、構わんのやから」

「夏神さんは嘘言わないから、これは本音。俺も、朗読レッスンがある日と、水曜の『シェ・ストラトス』で倉持《くらもち》さんの朗読イベントがある夜以外は、店にいるからさ」

海里のそんな発言に、李英は口の中のものを飲み下し、ちょっと慌ててこう言った。

「僕、東京に戻る前に、朗読イベントにもお邪魔したくて。また、行けそうなときに連絡させてください」

「おう、来てくれたら、倉持さんもきっと喜ぶよ。あ、そうだ。ねえ、夏神さん」

「わかっとる」

笑顔のままで頷いて、夏神は李英にこう言った。

「東京に戻ったら、気軽に芦屋くんだりまで来るんは難しゅうなるやろ。そやからここにおるうちに、送別会をさしてくれへんか？」

「えっ？」

それは思いもよらない申し出だったらしく、李英は喜ぶより、むしろキョトンとしてしまう。

相変わらず隣の席で李英を見守りつつ、ロイドは優しい笑顔で言葉を添えた。

「わたしも大賛成です。お別れは寂しゅうございますが、希望溢《あふ》れる新たな門出をお祝いすることは、嬉《うれ》しく楽しいことでもございます。是非」

「おい、俺よりいいことを先に言うなよ！　でもまあ、うん、ロイドの言うとおり。いいだろ？　来週末はもう、甲南山手の短期貸しマンションに移って、落ちついてるよな？　その頃にどう？」

李英はなおも遠慮がちの上目遣いで、海里の顔を見る。

「ありがたいですけど、ホントにいいんですか？　わざわざそんなことをしていただいて」

「ええに決まっとる。ほな、来週の土曜、夕方六時か七時あたりでどうや？」

夏神が具体的な日時を口にしたので、彼らが本当に送別会を望んでくれていると感じられたのだろう、李英はようやく笑顔に戻り、スマートフォンを取りだしてスケジュールを確認した。

「大丈夫です。じゃあ、六時でお願いしていいですか？　食べてから寝るまでに、できるだけ時間を長くあけたいので」

さりげなくストイックな発言に、海里は感じ入ったように呟く。

「立派だなあ。お前はちゃんと、本物の役者になったんだもんな」

「先輩、それは」

「いちいち気ぃ遣うなって。ホントのことを言っただけだし。けど、送別会では糖質制限とか、つまんねえこと言うなよ？　まあ、できるだけヘルシーな料理を心がけるけど。な、夏神さん？」

「せやな。せやけど……唐揚げは外されへんやろ。パーティのド定番やからな」

「それは確かに。じゃあさ、今日のチキン南蛮みたいにササミを使うか、あとは油淋鶏《ユーリンチー》みたいに丸ごと揚げて、衣部分を減らしてカロリーダウンをはかるのは？」

「うーん、まあ、姑息《こそく》やけどやらんよりはマシな努力やろか」

「そうそう、千里の道も一歩から！　千キロカロリーも一キロカロリーから！」

そんな師弟のやりとりを、李英は目を白黒させて見守る。

「お二人とも、里中様が大好きだからこそ、ああも張り切っておいでなのですよ。勿論《もちろん》わたしも、腕によりをかけて……」

「かけて?」

「キャベツを千切りに致します! 最近では、ちょっとした腕前になりつつあるのです!」

「……ブフッ」

落ち着き払った英国紳士の外見とは裏腹の天真爛漫《てんしんらんまん》なロイドの発言に、李英は思わず噴き出してしまう。

外は真冬の到来を感じさせる寒風が吹きすさんでいたが、小さな店の中には、まるで春先のように暖かな空気が満ちていた……。

＊　＊

そして、約束の「送別会」当日、午後五時五十分。

「海里様、最後のチェーンは、このあたりで如何《いかが》です?」

やや大きな声を張り上げるロイドがいるのは、店のホール。しかも彼は、脚立の三段目に立っている。

挙げたその手に握られているのは、幼稚園の誕生会で見るような、折り紙を細長く切って輪を作り、それを繋《つな》げたカラフルなチェーンだった。

実は送別会を開くことが決まって以来、海里とロイドを中心に、時には夏神も手を貸して、会場を飾り付ける装飾を仕事の合間にコツコツと作り続けていた。

折り紙のチェーンの他に、柔らかいピンク色の紙で作った花、そして「里中李英君の活躍を祈る！」と夏神が力強い毛筆で書いた大きなポスターまで用意されている。

今、夏神と海里がまだ調理に大わらわなので、会場の飾り付けは、ロイドが一手に引き受けているというわけだった。

大根をゴリゴリと下ろしながら、海里はロイドの手元を見て返事をした。

「もっと左がいいと思う。そうそう、今、指さしてる辺。そしたら、チェーンを画鋲《がびょう》で留めたところに最後に残った特大の花をつけて……それが李英の席からよく見えるだろ」

「確かに！　では、そのように致しますね」

ロイドは慎重に段を下り、脚立の位置を左にずらした。

「気ぃつけや。人間でも、脚立から落ちたら大怪我するんや。眼鏡はそれどころの騒ぎと違《ちゃ》うやろ」

夏神は、海里の意見を入れて鶏《とり》のもも肉を薄く開き、丸ごと時間をかけて揚げながら、ロイドに真剣な面持ちで注意をした。ロイドも、大真面目に頷《うなず》く。

「かしこまりました。晴れの日を、眼鏡の破片で穢《けが》すわけには参りませんからね」

「……眼鏡の破片で……。なるほど、血じゃねえもんな。いや、マジで慎重にな。別に飾り付けが完了する前に李英が来ちゃったとしても、全然大丈夫なんだからさ」

海里も、少し心配そうにロイドに声をかける。余裕があれば自分が交代するところだが、どちらかといえば約束の時間より早く来る律儀な李英なので、海里のほうもあまり余裕がないのである。

(ロイドにはああ言ったけど、やっぱ、テーブルにある程度料理を並べてからあいつを迎えて、わあって喜ばせたいからな)

そんな思いは、夏神も同じだろう。

できるだけ、冷たいものは冷たく、熱いものは熱々で、作りたてを食べさせたい。しかし、テーブルの上もきちんと整えて今日の主賓を迎えたい。

相反する二つの望みを両方それなりに叶《かな》えるために、熱々の料理の仕上げを、彼らは極力、午後六時ギリギリに計算した。だからこそ、今、「決して焦らず大急ぎ」という困難な状況に陥っているのである。

「イガ、そろそろ冷たい料理は出してええやろ」

夏神の呼びかけに、海里はおろしかけの大根をひとまず置き、手を洗った。

冷蔵庫から取りだしたのは、大きなボウルにたっぷり作った、李英の大好物のポテトサラダである。

定食屋のポテトサラダは、飯が食える味でないといけない。

夏神はいつもそう言って、茹《ゆ》でた芋を、甘酢を振りかけながら潰《つぶ》す。そうすると、熱々の芋が甘酢を吸い込み、同時に酢のツンとする風味を水蒸気が持ち去ってくれるので、しっかりした酸味と甘みがつきつつも、優しい食べやすい味にまとまるのである。

この店で一度食べて以来、李英は夏神のポテトサラダの大ファンになった。一度は、あの万事控えめな彼が食パンを持参して、ポテトサラダでサンドイッチを作ってほしいとリクエストしたほどだ。

「今日だけは、糖質制限くそくらえや。もう要らん言うまでポテサラを食わしたる」

夏神は張り切ってそう宣言し、たっぷり土産に持たせられる量のポテトサラダを用意したというわけだった。

いつもは客席になっているテーブルを二台くっつけ、とっておきの華やかな模様のテーブルクロスを広げたそのど真ん中に、海里はポテトサラダのボウルを据えた。

それから厨房《ちゅうぼう》に引き返し、海里自身がちまちまと作ったカナッペやピンチョスの皿を、ボウルの周りに並べていく。

(アボカドとか、スモークサーモンとか、牛赤身のローストビーフとか、カリフラワーとか、フルーツトマトとか。役者の身体作りに役立ちそうな食材を選んでみたけど、李英の奴、気がついてくれるかな。喜んでくれるかな)

あまりにもささやかなはなむけとはいえ、もはや芸能人ではない海里にとってはかなり思いきった金額を費やして買い込んだ、普段は手が出ない高級食材ばかりである。

ワクワクとドキドキが同時に押し寄せてきて、海里は早くも心拍数が上がるのを感じた。

「やべ、俺はホスト側なのに、緊張してきたわ」

海里が正直にそう打ち明けると、夏神は「はぁ？」と太い眉《まゆ》を上げた。

「アホ言うとらんと、はよう作業を片付けぇ。もう六時やぞ」

壁掛け時計を見上げ、海里は「うわっ」と声を上げた。

「マジか！やっばい。絶対全部は間に合わない。ロイド、お前は大丈夫か？」

「はい、もうこれでおしまいでございますよ」

一つだけ作った特大のペーパーフラワーを最後に飾り付け、ロイドは「よっこいしょ」と古典的なかけ声と共に脚立を下りた。そして、ホールをぐるりと見回し、満足げな笑みを浮かべる。

「華やかなパーティ会場が出来上がりました！これで、いつ里中様をお迎えしても、とりあえず装飾は完璧《かんぺき》でございます」

「こっちは完璧じゃないから、脚立を片付けて、さっさと手伝いに来てくれよ。つか、珍しいな」

「何がや」

海里は訝《いぶか》しげに首を傾げる。夏神は、不思議そうにそんな海里をチラと見た。

「あいつ、用心深いから、だいたい十分前行動なんだよ。まあ、お招きのときに早く来過ぎると相手が困るってのもわかるだろうから、五分前か三分前くらいにガラス戸に中の様子を覗《うかが》う人影が映るかなって予想してたんだけど」

「人影は、映っておりませんねえ」

海里の言葉に、ロイドも少し心配そうに店の入り口を見やる。

「連絡してみたらどないや？」

「だよね。ちょっと電話してみる」

海里はスマートフォンを取り出すと、李英のスマートフォンに電話をかけてみた。しかし、幾度コールしても、応答はない。

「気付いてないのかな。ＬＩＮＥもしてみよう」

海里は少し不安そうな面持ちになりつつも、違う手段で連絡を試みる。しかし彼は数分後、浮かない顔でスマートフォンの液晶画面を見た。

「ダメだ、既読がつかない。もしかしたら、なんか理由があって、めちゃくちゃ焦って走ってくる途中かな」

だが、ロイドはすぐにその推測を否定した。

「里中様はああいうお方ですから、遅刻するようなことがあれば、まずご自分から連絡をくださるのでは？」

「それもそうだよな。うわ、どうしたんだろ」

徐々に焦り始める海里に、夏神は渋い顔で問いかけた。

「お前、前々日か前日に、ちゃんと確認したんか？　今どきの言葉で言うたら、リマインドっちゅうやつや。約束してから、ちょっと日ぃ空いたからな。忘れとるん違《ちゃ》うか？」

海里は力なく首を横に振った。

「いや、あいつに限って、誰かとの約束を忘れるなんてことはないよ。だから油断してたとも言うけど」

「そやけど、今は東京に戻ってからの段取りもあって、気忙《きぜわ》しいときやろ。忘れてしもてても無理はないで？」

「いや、だけど、俺との約束だよ？　あいつは絶対忘れねえって！」

兄貴分の自負を声に込めて、海里は怒ったように言い返した。しかしそのいつもは涼しげな顔じゅうで「心配です」と打ち明けてしまっている海里に、夏神は絶妙な揚げ具合の鶏を油切りバットに取り、嘆息した。

「それやったら、里中君に何ぞアクシデントがあったっちゅうことになれへんか？」

「それだよ！　どうしよう。何とかして連絡を取らなきゃ。ああ、何で俺、新しい短期貸しマンションの詳細を聞かなかったんだろ」

狼狽《うろた》える海里に、ロイドはますます不安になるようなことを言い出す。

「先週お目にかかったとき、苦しそうに咳《せき》をしておいででした。もしや……」

「いや、あれはあいつの言うとおり、アレルギーだって！」

こみ上げる不安を心の奥底に押し込めようと、海里は無闇《むやみ》に断定的な言い方をする。

「ですが」

「だってあいつ、掃除が足りない稽古場《けいこば》とか、埃《ほこり》っぽい舞台裏とかだと、よくケホケホしてたもん。きっとこないだは、荷造りでハウスダストを吸って、喉《のど》の粘膜を痛めてただけだよ！」

「そうでございましょうか」

「そうだって！　あっ」

ムキになってロイドの懸念を打ち消そうとした海里は、明るい声を出した。

期待していた人影が、ガラス戸に映ったのである。

「ほら、来た！」

夏神は無言ながらホッとした様子で頬を緩め、海里は待ちきれずに走っていって、引き戸を勢いよく開けた。

「遅《おせ》ぇぞ、李英！　十分遅刻とか、後輩の風下にも……っ」

荒っぽい歓迎の言葉は、途中ですうっと消え入るように小さくなる。

困惑した様子で扉の前に突っ立っていたのは、里中李英ではなかった。

「……あ、なんかすまん」

とりあえず詫《わ》びの言葉を口にして、所在なげに頭を掻《か》いたスーツ姿のその人物は、「ばんめし屋」のすぐ隣にある芦屋警察署勤務の刑事、仁木涼彦《にきすずひこ》だった。

海里の兄、一憲《かずのり》と高校時代の親友だった仁木は、「ばんめし屋」の常連であり、海里にとってはあれこれと気軽に相談できる頼もしい知人のひとりである。

「何だよ、仁木さんかあ」

あからさまな失望の声に、仁木は端整な顔をしかめた。

「おい、確かに今日は客じゃないが、『何だよ』はないもんだろ。……いや、それより今日はアレか、何らかのパーティ的なことか。そりゃ邪魔したな」

海里ごしに店内の様子を見た仁木は、しまったという顔をして踵《きびす》を返そうとする。だが、夏神は慌ててそんな仁木を呼び止めた。

「イガが失礼して、えらいすんません。まあ、入ってください」

「……いいんですか？　と言っても、大した用事はないんですが」

海里の態度には多少腹を立てていても、夏神に対する敬意は忘れない仁木は、ヌッと店内に入り、「夜はさすがに冷えますね」と不器用な世間話をした。

「そうですやろね。あっついお茶でも？　それか、仕事終わりやったら一杯飲みはりますか？」

夏神は、李英を案じていることが丸わかりの表情で、それでも弟子の海里が世話になっている相手であり、自分の大切な客である仁木に対して、礼を尽くそうとする。

それに気付いて、海里も「すいません」と仁木に詫びた。

スーツの上に着込んだトレンチコートを脱ごうともせず、仁木は店内を見回した。

「いえ、どちらも結構です。暮れが近くなると何かと忙しくなるのが警察なもんで、ここしばらくこちらに寄れませんでした。今、仕事帰りに店の前を通り掛かったら灯《あか》りがついていたもんで、挨拶《あいさつ》だけでもと」

「ああ、そらどうも」

「ん？『里中李英君の活躍を祈る！』ってのは？」

さすが刑事、状況を把握するための手がかりは見逃さない仁木に、海里は沈んだ声で事情を打ち明けた。

じっと聞いていた仁木の顔が、みるみる引き締まっていく。

「ふむ。日頃は時間に几帳面《きちょうめん》な後輩君が、自分が主賓のパーティに、定刻を過ぎても姿を見せねえと。連絡もないと。で、先週会ったときには、少々体調が悪そうだったと。そういうことだな？　後輩君は一人暮らしか？」

海里はこっくりと頷《うなず》いた。事情を話したから何が好転するというわけでもないのだが、現職の刑事である仁木が聞き手だと、不思議と気持ちが落ちついてくる。

「電話もLINEも応答なしなんだ。様子を見に行きたいけど、今の住まいがどこか、わかんない。甲南山手駅の近くみたいなこと、言ってたとは思うんだけど」

「ご家族とか、身近な人に連絡はつかねえか？」

少し考えた海里は、かぶりを振った。

「李英の舞台を見に来たご両親に挨拶したことはあるけど、連絡先は交換してないよ。前の事務所にはちょっと連絡しづらい感じだし。どうし……あ、新しい事務所！　もしかして、ササクラさんなら、李英の最新の居場所、知ってるかも」

「ササクラさん？」

「俳優の、ササクラサケルさん。李英が今度入る新しい事務所で、副社長をやってるんだ！　ササクラさんなら……俺、ケータイ番号聞いてる。滅茶苦茶《めちゃくちゃ》ビビるけど……」

「言ってる場合か。とっととかけろよ。生活安全課の刑事の勘が、こりゃ尋常じゃないと告げてるんだ」

仁木は語気を強めてそう言った。「刑事の勘」という言葉が、大先輩に対する畏怖《いふ》の念より強く、海里の背中を押す。

「わかった。初めてだけど、か、かけて、みる」

海里はスマートフォンを操作して、ササクラサケルの連絡先を呼び出した。緊張で口の中がカラカラになり、指先が細かく震え始める。

コール音が一回、二回、三回、四回、五回……。

「出ない。ダメかも」

海里がオロオロとそう言ったとき、『よう、五十嵐ディッシー君！　しばらく！』という張りのあるササクラの声が海里の耳に響き渡った。スピーカーをオンにしていなくても、仁木は勿論《もちろん》、近くにやってきて心配そうにしているロイドと夏神にも十分聞こえる声量である。

「あ、あの、はい、五十嵐ディッシーです！　ご無沙汰《ぶさた》しております！」

緊張のあまり、海里はササクラの冗談にスマートに切り返すことすらできず、かつての自分の決め台詞《ぜりふ》をそのまま諸々と名乗ってしまう。

「五十嵐ディッシーて」

笑う気には到底なれないが、夏神は情けなく眉尻《まゆじり》を下げ、ロイドと顔を見合わせた。

そんな他人の反応に気を回す余裕もなく、海里はたどたどしく、しかしできるだけ簡潔に、今の状況をササクラに説明した。

もしかすると、「そんなくだらないことで俺の時間を無駄にしたのか」と叱られるかもしれないと海里は覚悟していたが、ササクラもまた、李英の誠実な性格をよく知る者として、何らかの違和感を覚えたのだろう。

『そりゃいけねえな、ディッシー君。あいつに限って、そんなことは万に一つもねえよ。ちょいと、様子を見にいってくれねえか？　もし、昼寝が過ぎたとかならいいけどよ、事故とか……まあ、ありがちじゃん』

「そんな縁起でもないこと、言わないでくださいよ！」

ササクラの発言に海里は思わず嚙《か》みついたが、電話の向こうのササクラは、落ち着き払った様子でサラリと返してきた。

『芸能事務所の上のほうに立つとな、毎度毎度、縁起でもないことばっか起こるんだよ、坊や。お前さんも、身に覚えがあんだろ？』

覚えがありすぎる海里は、うっと言葉に詰まる。ササクラは、落ち着き払ってはいるが、懸念を隠さない声音で続けた。

『心配の種は、とっとと潰《つぶ》すに越したことはねえ。何もなければそれでよし、何かあったなら、一秒でも早く対処してやらなきゃいけねえ。そんだけのことだろ?』

「は、はいっ」

『マンションの管理事務所には俺からすぐ連絡を入れる。お前さんは、できるだけ早く現地に向かってくれ。住所を言うぞ』

それを漏れ聞いた夏神が、すぐに厨房《ちゅうぼう》に飛び込み、電話の前に置いてあるメモ帳とペンをカウンター越しに海里に差し出す。

ササクラとのやり取りでいっぱいいっぱいの海里に代わってメモ帳とペンを受け取ったのは、仁木だった。

彼は、海里がササクラから聴いて復唱する住所をサラサラと書き留めると、「同僚の車を借りてくる」と言い残し、店を飛び出していく。

その頼もしい背中を見送り、『事情がわかったら、すぐ連絡くれよな』というササクラに承知の返事をしながら、海里はみるみるうちに胸に広がる言いようのない不安と恐怖に、早くも押し潰されそうになっていた……。

二章　一寸先は闇

「十分もありゃ着く」

刑事仲間の自家用車らしき煙草臭い軽自動車を「ばんめし屋」の前に横付けした仁木は、助手席に海里が乗り込むなりボソリとそう言った。

暗がりでもガチガチに強張《こわば》った顔をした海里は、黙って小さく頷く。

「その間に気持ちを落ち着けておけ。どんどん悪い想像をして動揺したって、何の役にも立たねえぞ」

いかにも刑事らしい助言に言葉で答える余裕もなく、海里はもう一度頷き、シートベルトを締める。

仁木は運転席の窓を開け、店の外まで出てきた夏神に声を掛けた。

「じゃ、行ってきます。事情がわかったら、連絡を入れます」

「よろしゅう頼んます。気ぃつけて」

車内を覗《のぞ》き込んだ夏神は、仁木に軽く頭を下げ、一歩下がる。

「スマフォ持ったな？　充電用のバッテリーもあるな？　じゃ、お前はひたすら相手に電話をかけ続けとけ。出てきたらめっけもんだ。行くぞ」

仁木はそう言って、アクセルを踏んだ。

警察官ゆえ、こんなときでも頑として法定速度を守る安全運転だが、それでも発車時に身体にぐっとかかった急加速の圧に、仁木も海里に見せている態度ほどは落ち着き払っていないのだと知れる。

(頼むから、電話に出てくれ。「寝てました、すいません!」っていつもみたいに焦りながら謝ってくれ)

そんな願いを胸の内で幾度も繰り返しながら、海里はスマートフォンを耳に押し当て、虚しく響く呼び出し音を聞き続けていた。


ササクラが教えてくれた李英の滞在先は、急な坂に沿って広がる、昔ながらの閑静な住宅街の中にあった。

細い道路が複雑に入り組み、一方通行も多い界隈《かいわい》である。

街灯も少ない上、短期貸しマンションという名称から想像するよりはずっとこぢんまりした建物だったので、海里ひとりでは、住所を聞いていてもそう容易《たやす》くはたどり着けなかっただろう。

そこはさすが刑事というべきか、二度ほど一方通行に阻まれて大回りを余儀なくされたものの、仁木が運転する自動車は、予定どおり十分余りで目的の建物に到着した。

マンションの前には、既に若い男性が立っていた。自動車から降りてきた二人を見ると、男性は駆け寄ってきて、「里中様のお身内の方ですか？」と訊《たず》ねてきた。

海里が頷くと、男性は早口でこう言った。

「ここのマンションの運営会社のもんです。ササクラ様？　から会社のほうにご連絡があったそうで、大至急ってことなんで、僕が来ました。うちの社の独身寮が、すぐ近くなもんで。ところでその、お客様のお部屋の鍵《かぎ》を開けるにあたっては、そちら様のお名刺などをいただきたいんですけど……」

確かに、相手の素性もわからないまま、諸々と契約者の部屋の鍵を開けるわけにはいくまい。男性の言い分はもっともだったが、一秒でも早く李英の無事を確かめたい海里は、「そんなもの持ってないです！　それより！」と食ってかかろうとする。

そんな海里を、仁木は片手でぐいと押しのけ、男性に自分の名刺を差し出した。

「今は非番で、個人的に知人に付き添ってきただけですが」

プライベートだと明言していても、やはり警察官の身分は信頼度が高い。男性はたちまち安心した様子で、二人を建物の中に案内した。

「里中様にお入りいただいているお部屋は、一階の二号室になってます。こちらですねえ。僕もお二人を待つ間にインターホンを何度か鳴らさしてもらったんですけど、応答ないですわ。お部屋の電気も消えてますね。お出掛けなんやったら、ええんですけど」

そんなことを言いつつ、男性はジャンパーのポケットからマスターキーとおぼしき小さな鍵を引っ張り出した。

「そしたら、開けさしていただきます」

「お願いします！　早く！」

海里に急《せ》かされ、男性はややウンザリした様子で、鍵を鍵穴に突っ込んだ。

おそらく、自宅でくつろいでいたところを呼び出され、少なからず面倒臭く思っているのだろう。

解錠し、ドアを開けた男性が「どうぞ」と言うのとほぼ同時に、海里は部屋に飛び込み、「李英！」と弟分の名を大声で呼んだ。

後に続いた仁木が玄関にあった照明スイッチをオンにしたので、すぐに室内がパッと明るくなる。

部屋はワンルームで細長く、玄関を入ってすぐのところに簡易キッチンとユニットバスがあった。

その奥が六、七畳の洋室になっており、ビジネスホテルでよく見るような備え付けのシンプルなデスクと椅子、テレビ、それにシングルベッドが置かれている。

海里の視線はすぐに、ベッドの上のこんもり盛り上がった布団に注がれた。

どう考えても、その下に人間が寝ている感じの膨らみである。

「何だよ、マジで寝てんのか、李英？」

海里はすぐにベッドに駆け寄った。

壁のほうを向いて横たわっているので顔は見えないが、低い枕の上にある後頭部を見れば、長いつきあいの海里には、それが李英であることがすぐにわかる。

これだけ電話をかけたりインターホンを鳴らされたりすれば、普通ならばどれほどぐっすり眠っていても気付くはずだ。

(まさか)

最悪の事態が胸をよぎったが、それを必死で無視して、海里は無理に明るい声を絞り出した。

「おい、ずっと電話してたのに。どんだけ爆睡だよ」

そう呼びかけながら、布団から僅《わず》かに出ている李英の肩を揺さぶろうとして半歩、ベッドのほうに近づいたとき、靴のつま先に何かが当たった。

ベッドの下に入りかけた「何か」を海里が拾い上げると、それはスマートフォンだった。樹脂製のケースにプリントされたコミカルなペンギンのイラストで、それが李英のものだとすぐにわかる。

「おい、李英って！　起きろよ。スマフォ、床に落ちてんぞ」

海里は片手にスマートフォンを持ったまま、もう一方の手で李英の肩をぐいと引いた。

ゆっくりと、李英は仰向《あおむ》けになる。

固く閉ざされた瞼《まぶた》、ごく薄く開いた唇。意識のない彼の額は汗でびっしょり濡《ぬ》れ、前髪がうねうねと貼り付いている。

明らかに尋常ではない様子に驚き、海里はヒッと喉《のど》を鳴らして李英の身体から手を離す。

「な……何だよ」

「どけ」

たまりかねた仁木は海里を押しのけ、李英の顔に自分の頬を近づけた。それから、慣れた様子で手首をそっと摑《つか》み、脈を測る。

「落ち着け。死んじゃいねえ。呼吸はしてるし、やたら弱いが脈もある。生きてるぞ」

「う……う、うん。でも、意識が」

生きてる、という仁木の断言に、海里はほんの少し落ち着きを取り戻す。だが仁木は、厳しい表情でこう続けた。

「意識がないし、布団の中とはいえ、身体がやけに熱いな。汗も酷《ひど》い。とにかくこりゃ、俺たちにどうこうできるもんじゃねえ。おい、弟。救急車呼ぶぞ」

「あ……う、うん。えっと、救急車、は」

「いい、俺がやる。お前は友達についててやれ」

動転している海里をよそに、仁木はむしろ淡々とした様子で自分のスマートフォンを取りだし、一一九番通報して救急車を要請する。

その傍らで、海里はひたすらオロオロと、李英に呼びかけた。

「李英、ああもう、頼むから目を開けてくれよ。何も喋《しゃべ》らなくていいから、目だけでいいから！　李英！」

　しかし、李英の閉ざされた瞼はピクリとも動かない。

　それでも必死で呼びかけを続ける海里の声に、やがて近づいてくる救急車のサイレンの音が重なった……。


『そりゃ、大変だったな。よく行ってくれたよ。助かった。で、今、どんな感じだ？　病状は？』

　薄暗い病院のロビーには、誰もいない。海里は通話可能エリアである、無人の総合受付前のベンチに腰掛け、ササクラサケルに報告の電話をかけていた。

　スマートフォンから聞こえるササクラの声は相変わらず力強く、まだ動揺したままの海里の頭に活を入れてくれる。

「詳しくはまだわかんないですけど、とにかく熱が高いし、心臓の状態がよくないってことで、集中治療室に運ばれました。詳しい検査は明日《あした》って感じらしいです」

『ふむ。心臓が悪いってのは穏やかじゃねえが、すぐ死ぬって感じじゃねえんだな？』

「た……たぶん。救急車には一緒に乗ってたんですけど、救急救命士さんの話を聞いてたら、血圧とか心拍とかなんかヤバい感じで、病院に着いて処置室に運ばれてからは会えてなくて、そのまま運ばれてっちゃって、あいつが今どんな感じか全然わかんないんです。でも、今夜はもう帰れって言われたから、たぶん……たぶん、いや、きっと、絶対、大丈夫だと……思っ」

できるだけ落ち着いて現状を説明しようとした海里だが、喋っているうちにどんどん不安が増大して、声が震え、上擦ってきてしまう。それに気付いたササクラは、慌てて海里の話を遮った。

『ああ、俺の言い方が悪かった。ごめんごめん、落ち着け。李英の奴はあれでけっこうしぶといから、絶対大丈夫だって。な？』

「は……はい、すいません、俺」

『いいから。お前さん、李英とは親友だろ。取り乱すのは当たり前だ。李英の性格を思えば、きっととことん具合が悪くなるまで、我慢しちまったんだろうな。最悪の展開になる前に、他でもないお前さんが見つけてくれたってのが、李英にとってはきっと最大級のラッキーだ。あとは病院に任せるしかねえよ』

ササクラの力強い励ましの言葉を聞いているうち、海里の目には涙が盛り上がってくる。それをシャツの袖《そで》で拭《ぬぐ》いながら、海里はどうにか「はい」と返事をした。

『ご実家には、俺がすぐ連絡を入れる。ほんとは俺がすぐに駆けつけてやりてえんだが、今、実は岩手で映画のロケ中でなあ。しばらく先まで撮休がなさそうで、身動き取れねえんだよ』

「そうだったんですか？　すみません、俺、全然知らなくて。そんな大変なときに電話なんかしちゃって」

『ばーか、お前さんが連絡してくれなきゃ、自分が事務所に引っ張ってきた奴の一生に一度クラスの大ピンチを知らずに、こっちでのうのうとロケを満喫してたとこだ。とんでもねえ不義理をせずにすんで、マジで助かった。俺の代わりに事務所の人間をナルハヤでそっちへ寄越《よこ》すから、それまで頑張って繋《つな》いでくれや。頼むぜ？　俺も李英も、ディッシー君を頼りにしてる』

ササクラはそんな言葉で、通話を締め括《くく》った。

「頼られても……何もできないよ」

溜《た》め息をついてスマートフォンを耳から離した途端、背後から目の前に缶コーヒーを差し出され、海里は驚いて小さな声を上げた。

振り返ると、いつの間にか仁木がすぐ傍まで来ていた。

「ほい。お疲れさん」

軽く缶コーヒーを振って促され、海里は礼を言って、おずおずとそれを受け取る。

ホットコーヒーの缶の熱さに、海里は自分の手のひらが氷のように冷たいことに気付いた。おそらく、極度の緊張状態が続いているせいだろう。

仁木は海里の隣に腰を下ろし、自分の分の缶コーヒーを一口飲んでから言った。

「お前がサ……なんだっけか」

「ササクラさん」

「そう、その人に電話してる間に、マスターには俺から一報入れといた。『生きてさえ

ありあ

おったらどうにでもなる！』って、お前に伝えてくれってさ」

仁木のヘタクソな物真似のせいで、かえって夏神がそれを言ったときの口調がありありと脳内に再現されて、ずっと強張《こわば》ったままだった海里の頬が、ようやく僅かに緩んだ。

「雪山サバイバーにそれ言われたら重いな。つか、集中治療室に入っちゃってるから、今生きてるって言ったって、すぐ先の未来はどうなるかは全然わかんな……あだッ」

缶コーヒーのプルタブに指を掛けたところで仁木に頭を強めに叩《たた》かれ、海里は悲鳴を上げる。

ガランとしたロビーに声が響き渡り、慌てて他に人がいないことを確認してから、海里は仁木を恨めしげに見た。

「なんでいきなり!?」

「そういうネガティブなことを、声に出して言うな。言霊って言うだろうが」

仁木は、大真面目な顔でそんなことを言う。海里は呆気《あっけ》に取られて、仁木の名前のとおり涼しげな顔を見た。

「刑事なのに、言霊なんて気にすんの？」

「職種は関係ねえだろ。てめえの吐いた言葉には責任を持てって話だ。大事な友達なんだろうが。そいつが死ぬか生きるかの瀬戸際で戦ってるときに、お前が負けを想定してどうする。お前だって、そんなときに信じてる奴に『こいつ死ぬかも』なんて言われたくねえだろう。心ん中はどうあれ、口では強気に行け。『絶対生きる』って言ってやれよ」

仁木の口調はつっけんどんだったが、すっかり打ち解けた今は、彼の不器用な気遣いを感じて、海里は再び眼球の奥がじんとするのを感じる。

「……うん」

「そんで？　そのササ……パンダの飯みたいな名前の人は何だって？」

どうしてもササクラの名前を覚えられないらしい仁木は、真顔でそんなことを言う。

出掛けた涙が引っ込む思いをしつつ、海里はさっきの会話の内容を掻《か》い摘《つ》まんで伝えた。

「そうか。じゃあ、おそらく明日には、ご家族が来られるんだろうな。ちょうどっていうのも変な言い方だが、ちょうど週末だしな」

「たぶん。李英のお父さんかお母さんが駆けつけてくれるんじゃないかな。新しい事務所の人も、状況把握のために来てくれるみたいだし」

「そうか。よし、そんじゃ帰るか。もう俺たちがここにいても、できることは何もねえ。お前もとっとと寝て、明日に備えろ。病人より、周りが先に消耗するもんだからな、こういうときは」

仁木はコーヒーを飲み干し、すっくと立ち上がる。

結局飲むチャンスがなかった缶コーヒーをスタジャンのポケットに突っ込み、海里も席を立って、歩き出していた仁木を呼び止めた。

「あ？　まだなんか用事があんのか？」

「じゃ、なくて」

足を止めて振り返った仁木に、海里は深々と一礼した。

「ありがとう。仁木さんが一緒にいてくれなかったら、俺、とっ散らかるばっかで何もできなかったと思う。李英のマンションにすぐ行けたのは仁木さんのおかげだし、そっからも色々」

「非番のときだって、警察官は常時警察官だからな。善良な市民のためならいつだって身体を張るんだよ。まあ、お前は一憲の弟だから、若干サービス手厚めだけどな」

旧友である海里の兄の名を大事そうに口にして、仁木はニヤッと笑った。

長年、一憲に片想いをしていたという仁木だが、今では一憲は勿論《もちろん》、彼の妻である奈《な》津《つ》とも親しくつきあっている。

彼がかつての恋心をどんな風に昇華させたものか、海里には想像もつかないが、今でも彼が一憲のことをとても大切に思っていることが感じ取れるのは、こういうときだ。

「……兄貴からも、お礼言ってもらうね」

「そういうのはいいから。とにかく行くぞ。俺はとっとと家に帰って、三日ぶりの風呂《ふろ》に入りたいんだ」

そう言って再び足速に歩き始めた仁木の耳が、暗がりでも明らかに赤い。

「三日？　マジで？　そんなに長く風呂に入ってないのに、仁木さん、全然臭くないね」

「ばーか。まだ加齢臭を発生させるような歳じゃねえよ」

海里が無理に叩いた軽口に、仁木もごく自然に乗ってくる。

二人はガランとした薄ら寒いロビーを抜けて、陰鬱《いんうつ》な長い通路を、夜間通用口に向かって歩いていった……。

闇に目が慣れるということは、それは本当の闇ではなく、どこかに光が存在する証拠だ。

そんなことを、海里は以前、自分が料理コーナーを担当していた朝の情報番組で聞いたことがある。

(本当の闇なら、いつまで待っても、何も見えてこないはずだって……。そんなこと、どこかの大学の先生が言ってたな。磨《す》りガラスとカーテン越しでも、街灯の光って、それなりに入ってくるんだな)

ぼんやりとモノクロに浮かび上がる室内の調度品……クローゼット代わりに積み上げた収納ケースや、小さな四角い小机などを海里がぼんやり眺めていると、枕元から落ちついた声が聞こえた。

「おやすみになれないのですか?」

声がしたほうに海里が首を巡らせると、そこには小学生のように膝《ひざ》を抱えてちょこんと座る、ロイドの姿があった。

早めに布団に潜り込んだときには、ロイドは眼鏡の姿に戻り、ユーモラスな鼻の形をしたスタンドに落ちついていたはずだ。

いつまで経っても寝付く気配のない海里を心配して、わざわざ再び、人間の姿に変身したらしい。

「悪い。ゴソゴソしてたから、お前も眠れなかった？」

海里は起き上がり、布団の上に胡座《あぐら》をかいた。ロイドは、静かにかぶりを振る。

「いいえ。そういうわけでは。眠るにはあまりに、里中様のことがご心配なのでしょう？　わかりますよ」

ロイドに労《いたわ》るようにそう言われて、海里は苦笑いした。

「なんか、みんな寄って集《たか》って俺を甘やかし過ぎ。もっと自分でちゃんとしろって罵《ののし》ってくれよ。今夜の俺、誰よりも何もできてないよ」

「おや、珍しく自虐など」

「自虐じゃなくて、事実。李英の居場所をちゃんと把握してたのはササクラさんだし、そこへ連れてってくれて、運営会社の人にスムーズに部屋の鍵《かぎ》を開けてもらえるようにしてくれたのも、倒れてる李英を見つけたとき、すぐに救急車を呼んでくれたのも仁木さんだし、李英を世話してくれてるのはお医者さんと看護師さんだし」

そこで言葉を切って、海里は自分も体育座りをして、膝小僧にほっそりした顎《あご》を載せてからこう付け加えた。

「帰ってきたら、夏神さんとロイドが飾り付けを全部取っ払って、ご馳走《ちそう》も容器に詰めて片付けてくれてたろ。おかげで、晩酌の肴《さかな》になりそうな料理は仁木さんに持って帰ってもらえたし……飾りも、俺が虚しくならないように、大急ぎで片付けてくれたんじゃないか？」

それを聞いて、ロイドは軽く首を傾げ、微笑んだ。

「おや、そんなことにまでお気づきになられるとは、ずいぶん成長なさいましたな。よそのお子さんは早く大きくなるというのは、本当のようです」

いくら作られてから百年を超えるといっても、眼鏡に子供扱いされるのは面白くないらしく、海里は軽く口を尖《とが》らせ、それでも素直に感謝の念を言葉にした。

「俺はあんまり頭がよくないけど、そのくらいのことはわかる。っていうか、こっちに来て、夏神さんをトップバッターにして優しい人たちにいっぱい会ったし、ずっと優しくないと思ってた人が本当は優しいってわかったし」

「兄上様のことですな？」

「ん。優しい人にも残酷なところがあるって知ったし、それでもやっぱり根は優しい人だし」

「それはお……」

「具体名はいいから」

淡海《おうみ》の名を口に出そうとしたロイドをやんわり制止して、海里は小さく嘆息した。

「今夜だって、みんなにうんと優しくしてもらった。ホントは、一生懸命準備したパーティが台無しになって、夏神さんとロイドだって凄《すげ》えガッカリしてるはずなのに、李英と俺の心配ばっかしてくれたし」

「それは、当たり前のことでございます。里中様が快復なさってから、パーティは仕切り直せばよいのです。飾りはみんな、大事にしまってありますよ」

ロイドは優しく慰めたが、海里は力なく首を振った。

「当たり前じゃないよ。俺だけ、誰にも気遣いができなかった。俺だけ、テキパキ行動できなかった。今だって、親御さんが来たら、俺が李英にしてやれることは何もなくなっちゃうなとか、明日《あした》、ちゃんと生きてる李英に面会できるかなとか、考え出したら眠れなくなっちゃってさ。眠らないと余計に役立たずな人間ができるだけなのに」

「眠ろうと思えば思うほど、眠気は遠ざかるものです」

「わかってるけど……ほら、そうやってまた甘やかす」

軽く非難のこもった口ぶりに、さすがのロイドもやや閉口した様子で柔和な目をパチパチさせた。

「では、眠れない海里様をこのままに、眼鏡に戻って黙りこくったほうがよろしゅうございますか？」

海里はハッとして、膝から顔を上げた。そして、情けない顔でロイドに詫《わ》びる。

「ごめん。せっかく心配して出てきてくれたのに、文句言ったりして。これは、ただの八つ当たりだよ。自己嫌悪の尻尾《しっぽ》みたいなやつ」

「わかっておりますよ」

「ごめん。ホントは、ちょっとだけ聞いてほしい。俺の泣き言。夏神さんには……心配かけたくなかったし、死んだ恋人さんや友達のこと、思い出させたくなかったから言えなかったんだけど」

ロイドはニッコリ笑って両腕を広げた。

「いいですとも。眼鏡の耳を木の洞《うろ》だと思って、ご存分にのびのびダラダラと」

「ダラダラはしねえけど。あと眼鏡の耳って、想像するとちょっとだけ怖いけど」

ロイドの冗談にほんの少し口角を上げてから、海里は膝をギュッと抱え直し、口を開いた。

「芸能人デビューした舞台の顔合わせで、李英に初めて会ったときのこと、今でも覚えてるんだ。カンパニーのほとんどが同年代で、でもけっこう舞台経験のある奴が多くて、ズブの素人なのに主人公の宿命のライバルに抜擢《ばってき》された俺を白い目で見る奴が、けっこう多かった」

「おや。妬《ねた》まれておいででしたか」

「今はわかるよ。そりゃ腹が立つよな。プロデューサーに俺が紹介されたとき、『顔がいい！』って野次《やじ》が同じキャストの中から飛んできたんだ。何人かが、それに続いた」

「それはもう、海里様は美男子でいらっしゃいますから」

真顔でうんうんと頷《うなず》くロイドに、海里は苦笑いした。

「ちげーよ。あれは、『お前は顔だけ』っていうイジリだよ。褒め言葉に見せかけて、こっちに反撃できないようにディスってきたんだ。そのくらいはあの頃の馬鹿な俺にだってわかった」

「それは失礼な！　滅茶苦茶《めちゃくちゃ》腹が立って、あとで殴ってやろうって決意した。で、最初にそれを言った奴の顔を忘れないように睨《にら》みつけてたら、横から小さな声で『ほんとにかっこいいですね。メイクしたらどうなっちゃうんだろう』って言ってきたのが、李英だった。またかって睨もうとしたら、あの子供みたいな顔じゅうで、本心だって言ってた」

ロイドはにこやかに相づちを打つ。

「目に浮かびます。里中様は、裏表のないチャーミングなお方ですからね」

「そうなんだよ。最初は、カンパニーの中で、俺の味方はあいつだけだった。だんだん稽古《けいこ》が進んで、俺もしゃかりきに役になりきろうって頑張ったから、徐々に仲間にも認められたけど……それでもやっぱり、いちばん近くにいてくれたのは、李英だった。いちばん褒めてくれたのも、いちばん励ましてくれたのも、俺がいい加減なことをしたらいちばん悲しそうな顔をしたのも、やっぱり李英だった」

海里の喉《のど》から、ひっく、と小さな嗚咽《おえつ》が漏れる。ロイドは口を閉じ、ただ頷いて先を促した。

「それまでの学校生活じゃ、あんなに何もかもを分かち合ったツレはいなかったんだ。

李英が初めてで、たったひとりだ。親友で、ライバルで、弟で……同じ夢を追いかけてた仲間でもあった。戦友ってやつ？」

「ええ、わかります。そんな方がたとえおひとりでもいらっしゃることは、海里様にとってどれほど幸せなことか」

「それなのに俺、李英のことを本気で大事にしてなかったんじゃないかって。あいつがゲホゲホ咳《せき》してたのを、あいつの言うことを真に受けて、アレルギーだろって軽く考えてた。まさか、それがあんなことになるなんて。心臓の具合が、よくない……なんて、それ、ヤバいだろ普通に。凄くヤバいだろ」

「海里様、あの咳が心臓のご病気に関係があるかどうかは」

「わかんないけど、あるような気がするんだ。どうしよう。俺のせいだ。俺があのとき、ちゃんと医者に行けって怒ってたら、あいつ、行ってくれたと思うし、あんなことにならなかったかも……」

どうしよう、と幾度も繰り返すうちに、とうとう涙声になる海里の肩に、ロイドはそっと自分の手を置いた。

「海里様、まだご病気のことが何もわからないうちに、そのように思い込まれるのはようございませんよ」

「だけど」

「残酷なようですが、だからこそ、世の中には『覆水盆に返らず』という諺《ことわざ》があるのでございます」

「やっちゃったことは、取り返しが……つかないってこと、だよな。じゃあやっぱり、俺のせい」

しゃくり上げる海里の肩をポンポンと叩《たた》いて、ロイドは穏やかに言葉を継いだ。

「いかほど後で悔やもうとも、起こってしまったことはどうにもなりません。二度と同じ過ちを繰り返さないために反省することは大切ですが、過ちを、ご自分を痛めつけるためだけの武器にしてはなりません」

「ロイド……」

「それは、大切な弟分の里中様の拳《こぶし》を用いて、海里様が御みずからを殴りつけているようなものでございますよ。海里様も痛いでしょうが、里中様にまで、同じ痛みを感じさせることになりけしますまいか」

静かな、それでいてとても厳しいロイドの言葉に、海里は駄々っ子のように、膝《ひざ》の上に顔を伏せてしまった。しかし、その口からは、か細い、それでもハッキリした言葉が零《こぼ》れる。

「なんか、重ね重ねごめん。俺、もう自分を責めるしか、できることがなくて」

「それは、できたとしても、やってはならないことです。里中様の異状は、わたしも夏神様も見逃してしまいました。里中様ご自身も、おそらくは。ですから決して、海里様だけの過失ではございません」

海里のボサボサに乱れた髪を、肩に置いていた手で優しく撫《な》でつけながら、ロイドは囁《ささや》いた。

「少しでもお気がおさまったようでしたら、おやすみください。明日も、病院へ行かれるのでしょう？　よろしければ、わたしも眼鏡でお供致します」

ロイドはそう言ったが、海里は顔を伏せたまま、もさもさと首を横に振った。

「一緒に来てくれんのは嬉《うれ》しいけど、やっぱ寝られない気がする」

「おやおや」

困りましたねえ、とロイドが情けない声で言った直後、凄《すさ》まじい勢いで部屋に踏み込んできたのは、寝間着代わりのジャージを着込んだ夏神だった。長めの髪を解《ほど》いたままなので、廊下の灯《あか》りが逆光になって、まるでナマハゲのようなシルエットである。

「おい！」

大声で呼びかけられ、凹《へこ》んでいた海里も、反射的に頭を上げてしまう。

「自慢やあれへんけどな、この家は隙間風もよう通れば、壁も薄いんや」

「ゲッ。夏神さんを起こさないように、小声で話してたつもりだったのに」

海里は涙に濡《ぬ》れた顔に、しまったという表情を浮かべたが、夏神は怖い顔つきで言い放った。

「聞こえいでか。それに、俺かて寝付かれへんかったんや。そこへお前らの話が聞こえてきて、いてもたってもおれんようになった」

　そこでいったん言葉を切って、夏神は海里とロイドの顔を交互に見下ろし、そしてこう言った。

「寝れんときに布団の中でウダウダしとっても、余計プレッシャーがかかって眠気が来んもんや。そういうときは……」

「そういうときは？」

ロイドと海里に異口同音に問いかけられ、夏神は躊躇《ちゅうちょ》なく断言した。

「酒や！　酒飲んで、旨《うま》いもんを食うんや。ほどほどに酔うて腹がくちくなったら、消化に忙しゅうて、ややこしいことを考える用の血ぃが頭に回らんようになる。そこで、冷たい布団からもっぺん仕切り直しをすんねん」

ずいぶん荒々しい「酒盛りのお誘い」を受け、海里は呆然《ぼうぜん》としてしまったが、ロイドはパッと顔を輝かせて手を打った。

「さすがは夏神様！　よいお考えでございます。幸い、お酒もご馳走《ちそう》もたっぷりございますし、すっかり忘れておりましたが、わたしたち、お昼から何も食べておりませんでしたね。まあ、つまみ食いはかなり致しましたが」

「お前はな」

夏神はちょっと呆《あき》れ顔になってから、ツカツカとやってきて、海里の頭を軽くはたいた。

「悲しいときも苦しいときも、飯だけは食え。無理やりにでも、腹に詰め込め。あとは身体があんじょう片付けてくれる」

「夏神さん……」

かつて、雪山で共に遭難し、命を落とした仲間たちや恋人を想って、数え切れないほどの眠れない夜を経験したであろう夏神の言葉には、内容以上の重みがある。

それでもなお、李英が生死の境を彷徨《さまよ》っているこのときに、自分が呑気《のんき》に飲み食いしていいのかと逡巡《しゅんじゅん》する海里の瞳《ひとみ》を覗《のぞ》き込み、夏神は頼もしい笑顔でこう言った。

「俺が腕によりをかけて作ったポテサラの味、しこたま食うて、舌と頭に叩き込めや。そしたら里中君が退院してきたとき、今度はお前が極上のポテサラを作ってご馳走してやれるやろうが」

「う、うん」

「ここで膝抱えとっても落ち込むしかできへんけど、ちゃんと食うて寝て、頭と身体がまともに動けば、できることはなんぼでも湧いてくる。それを教えてくれたんは、お前やぞ、イガ。今度は俺が教え直す番やな。ほれ、はよ茶の間に来い。ロイドも」

夏神はもう一度、今度はぽんぽんと二度海里の頭を叩き、来たときと同じようにドスドスと勢いよく部屋を出ていく。

廊下から吹き込んできた冷たい夜気に、海里はクシュンと間の抜けたクシャミをして、それからちょっと照れ臭そうにロイドを見た。

「やっぱ、甘やかされてる」

ロイドはフフッと笑って、頷《うなず》いた。

「わたしを含め、皆さん、海里様が好きだからですよ。甘やかされ、労《いたわ》られたら、次は海里様が大好きな方々に、それをお返しすればよいだけです。勿論《もちろん》、その『方々』には、わたしも大いに含まれているわけでございますが！」

「お前のことが大好き前提かよ」

思わず釣り込まれて笑ってしまった海里は、よいしょ、と年寄り臭いかけ声と共に、重い身体を引っ張るように立ち上がった。

「わかった。そうだよな、夏神さんが腕によりをかけたパーティ飯なんて、年にそう何度も食えるもんじゃないんだ。全部味を覚えて、絶対李英に作ってやる」

「その意気でございます。では、参りましょうか」

「おう！」

間違いなくやけっぱちの空元気ではあるが、腹に力を入れて大きな声を出すと、滞っていた血液が、全身に勢いよく巡り始めるのがわかる。

（やれることが湧いてくるまでに、俺は……今度こそ、ちゃんと動ける俺になる）

そう心に誓って、海里もまた、さっきの夏神ばりに勢いよく、ヒンヤリした廊下に飛び出したのだった。

＊　　　＊

翌日、李英が入院した神戸市東灘区《ひがしなだく》のK病院に向かったのは、午後三時過ぎだった。

昨夜、仁木が目敏《めざと》く、「集中治療室の面会時間は、午後三時から五時までだそうだ」とチェックしておいてくれたのだ。

今日は、昨夜の約束どおり、ロイドが眼鏡の姿で海里のコットンシャツの胸ポケットに収まっている。

(昨夜、李英は、休日・夜間救急枠で受診したことになるんだよな。ってことは、正式な入院手続きは月曜日か。集中治療室には持ち込みの制限が滅茶苦茶《めちゃくちゃ》あるらしいから、入院に必要なアイテムも、看護師さんに訊《き》いてから用意したほうがいいよな。ええと、あとは……)

「あとは、李英の意識が戻ってるといいんだけど」

最後だけは、昨夜の仁木が言っていた「言霊」を信じて小さく声に出してみた海里に、『きっとそうですとも』と、ロイドも海里以外には決して聞こえない小声で、それでも力強く応じる。

「とりあえず、集中治療室に行ってみるか。確か、三階だったよな」

昨夜はとにかく動転していて、色々なことがうろ覚えなのだが、かろうじて、集中治療室は、東棟の三階にあることは記憶している。

休日なので、病棟にはたくさんの見舞客が訪れており、そこここに設けられている面会スペースには、楽しげに客人たちと話し込む入院患者たちの姿があった。

(李英も早く、あんな風に出歩いて喋《しゃべ》れるようになってほしいな)

そう願いながら、海里はそうした人々の脇を通り過ぎ、エレベーターに乗って三階で降り、「ICU」と大きく印字されたプレートを目指して歩き出した。

すると、ちょうど集中治療室の大きなガラスの自動ドアから出てきた初老の男性が、海里と目が合うなり、「おお、五十嵐君」と名前を呼んだ。

正直、二度ほど挨拶《あいさつ》を交わしただけの李英の両親の顔はハッキリ覚えていなかった海里だが、あちらから呼びかけてくれたおかげで、自信を持って挨拶をすることができた。

「李英のお父さ……あ、っと、里中さん!」

「しーっ」

つい大きめの声を出してしまった海里をたしなめてから、李英の父親は、彼を送って出てきた看護師に、海里を指して何か小声で問いかけた。

しかし、若い看護師は海里をチラチラ見ながら何か言い、そのまますいっと室内へと戻っていってしまう。

李英の父親は、白いものが交じり始めた眉《まゆ》を八の字にして、海里に詫《わ》びた。

「申し訳ない。李英の面会に来てくれたんだろう？　だけど、ダメなんだって。君は李英の親友だからって言ったんだけど、親族しか面会は許可されないって」

いきなり出鼻《でばな》を挫《くじ》かれて、海里は「あー……」と、つい隠しきれない落胆の声を出してしまう。

「でも、あの子の様子は話せるよ。ここで立ち話はご迷惑だろうから、とりあえず移動しようか」

そう言って、李英の父親は先に立って歩き出す。

（そっか……。親族だけか。俺は、ここではハブられちゃうんだな。仕方ないけど）

海里は李英の父親についてエレベーターホールへ向かおうとして、しかしピタリと足を止めた。

会えないなら、せめてガラス越しにでも李英の姿が見られないかと思ったのである。

しかし、奥行きが広く、一列にズラリとたくさんのベッドが並んでいる室内の構造に加え、様々な機器がそれぞれのベッドサイドに並び、患者が他の患者の様子を見ずに済むようにという配慮か、上半身はカーテンを引いて隠してある。

（どれが李英のベッドかすら、わかんねえな……）

場所が場所だけに、多忙を極めているであろうスタッフに、「ひと目だけでも」と食い下がるのは憚《はばか》られる。

「しょうがないか」

『そうですとも。一般病棟に移れば、お会いになれるのですから』

ロイドは明るい展望を語って、海里の気持ちを上向かせようとする。

（一般病棟に移れれば……の話だけどな）

そんなネガティブな思いは胸の奥にぐぐっと押し込め、海里は面会をスパッと諦《あきら》め、

「李英、頑張れよ」と、集中治療室の扉に向かって囁《ささや》いた。そして、通路の途中で待っている李英の父親に小さく手を振りながら、エレベーターホールへと急いだ。


李英の父親が海里を連れていったのは、病院の総合受付のすぐ横にある、喫茶室だった。

「さっきもここに来たんだ。気が逸《はや》りすぎて、朝一番の新幹線でこちらに飛んで来たんだけど、よく考えたら集中治療室だもんね。すぐ面会はできないし、主治医の先生も日曜日だから顔を出されるのは昼過ぎでしょう、なんて言われて、すっかり手持ち無沙汰《ぶさた》になってしまってねえ。あ、失礼。そういえば、会ったことはあるけれど、きちんとご挨拶をしたことがなかったね。どうも、息子が長らくお世話になっています」

そう言いながら、スーツ姿の李英の父親は、ジャケットの内ポケットから革製の名刺入れを取り出すと、慣れた仕草で名刺を一枚抜き出し、両手で海里に差し出した。

「あの、すいません、俺は名刺とか全然持ってなくて」

「いいんだよ。五十嵐君のことは、李英から山のように聞かされてる。君が驚くほど、君のことはよく知っている気がするよ」

「それは……どうも」

恐縮しながら、海里は両手で、まるで卒業証書でも受け取るようなぎこちなさで名刺を受け取る。

そこには、有名な家電メーカーのロゴマークと社名、管理職の肩書き、それに「里中英人《えいと》」という名前が印刷されていた。

「凄《すご》く……いいとこでお仕事を」

「いやいや、僕なんかは営業職だからね。開発チームが素晴らしい仕事をしてくれるから、助けられてばかりの身の上なの」

こういうとき、相手の謙遜《けんそん》をどう受けていいかよく分からない海里は、曖昧《あいまい》に首を傾げ、そそくさと話題を変えた。

「それに、李英の名前は、お父さんから一文字貰《もら》ったんですね」

李英の父、英人は、息子そっくりの人好きのする笑顔で頷《うなず》いた。

「そうなんだ。僕から一文字、家内から一文字……家内は李子《りこ》っていうんだよ」

「ああ、なるほど！」

初めて知る弟分の名前の由来に、海里は思わず感心して声を上げる。そこへ、店員がカフェオレを二つ運んできて、それぞれの前にいささか荒っぽく置いていった。

「名付けたとき、家内の母親からは、『そんなことをしたら、子供はひとりで打ち止めになってしまうわよ』とお小言を頂戴《ちょうだい》したんだけど、まさにそうなってしまってね。でも、一人息子でちっとも構わない。僕らはあの子の名前がとても気に入っている」

「かっこいい名前だと思います。本名なのに芸名みたいで」

「そうだろう？　ああ、飲んで。それに、こんな世間話より、李英の話が聞きたいよね。君があの子を見つけてくれたんだそうで、まずはお礼を言わせて欲しい。本当にありがとう。ありがとうございます。家内の分も、僕から」

そう言って、英人は深々と……それこそ、短い前髪がコーヒーカップに突っ込んでしまうほど、海里に頭を下げた。

海里は大慌てで、英人に頭を上げさせようとする。

「いいえ！　ほんとはもっと早く見つけてやらなきゃいけなかったんです。あいつ、先週から咳《せき》してて、具合悪そうで。でもアレルギーだって言ってたから……」

ゆっくりと頭を上げた英人は、頷きながら海里の悲愴《ひそう》な顔を見た。

「ああ、主治医の先生から、君がそう言ってたって聞いた。でも、それは本当にアレルギーだったんだと思うよ。君が自分を責める必要はないんだ」

「えっ、でも」

「心臓の具合が悪いって、昨夜、聞いた？」

「はい」

海里は頷く。喫茶室に入ってからはずっと穏やかな笑みを浮かべていた英人は、そこで初めて眉を曇らせた。

「実はね、主治医の先生いわく、昨夜から午前にかけて色々な検査をした上で、まだ結果待ちのデータはあるけれど、経験上、『感染性心内膜炎』でほぼ間違いはなかろうと仰《おっしゃ》るんだ」

難しい病名を、英人はスマートフォンを取りだし、おそらくはそこに打ち込んだメモを見ながら海里に教えてくれた。

「かんせん、せい？　しん……は、心臓、ですか」

「そうそう。つまり、血液中に細菌が入り込んで、それが心臓の弁に炎症を起こす、そういう恐ろしい病気らしいんだ。まだ、どんな細菌が悪さをしているか、ハッキリしていないんだけどね」

「どうして、そんなことに⁉」

海里は驚いて訊《たず》ねた。すると英人は、苦しそうな面持ちでこう告白した。

「心臓が普通の状態なら、滅多《めった》にそんなことにはならないそうなんだ。つまり、何か心臓に奇形や病気があったと思われる……と言われて、思い出した。あの子は、高校時代の健康診断で、一度、心雑音で引っかかったことがあるんだよ」

「聞いたことがないです、そんなの」

「だろうね。再検査を指示されて、近くの内科医院を受診させたけれど、『この年頃にはまあまあることだから、経過観察で』と言われて、何だか大したことがないように本人も僕たちも思ってしまってね。すっかり忘れていた」

「それが、大したこと……だった？」

「大いに可能性があると。心雑音というのは、心臓の弁がきっちりしまらずに、血液が逆流する音なんだそうだ。つまり……」

「李英の心臓の血液は、ずーっと逆流してた……？」

「その可能性が高いらしい。ただし少量だったから、これまで重篤な症状は出なかったんだろうって、先生はそう推理しておられた」

「だけど、それだけじゃ、血液にバイ菌……えっと細菌？　は、入ったりしないですよね。なんか他に？」

英人はスマートフォンのメモを見つめながら、目を細めて説明を試みる。

「僕もさっき聞いたことをそのまんま喋《しゃべ》っているだけなんだけど、今朝、ササクラさんと電話でお話をしたら、どうも李英の奴、先々週に親知らずを抜いたようなんだよ」

海里は、目を大きく見開き、英人のほうに身を乗り出した。

「俺、それLINEで聞きましたよ。ちょっと待ってください」

海里は自分のスマートフォンを取りだし、LINEを立ち上げると、李英との通信記録を遡《さかのぼ》った。そして、李英からのメッセージを英人に見せた。

『お休みのうちに、そして舞台が終わったタイミングで、親知らずを抜きにいきます。生まれて初めてなんで凄く怖いですけど、横を向いて生えちゃってるので』

それに目を走らせ、英人は「やっぱり」と項垂《うなだ》れた。

「そのときに、歯茎の傷から細菌が入って、元から逆流があった心臓の弁に取りついた可能性が高いと。先生の見立てはそういうことなんだ」

昨夜、救急救命士から聞かされた「心臓の具合がよくない」というフレーズが、突然、「感染性心内膜炎」というおどろおどろしい病名になって、海里の胸をギュッと苦しくさせる。

しかし彼は、勇気を振り絞って英人になお質問してみた。

「その……『感染性心なんとか炎』は」

「うん、『感染性心内膜炎』ね。とても近いけど。どんな病気か、気になるだろう？」

海里がこくこくと頷くと、英人は陰鬱《いんうつ》な面持ちでこう言った。

「僕も先生から聞いたときはショックだったんだけどね。僕が、心臓の弁に炎症が出来たならお薬で治るのでは、と訊ねたら、勿論《もちろん》、投薬は治療の要だけれど、李英の場合は、弁の炎症がかなり酷《ひど》くて、外科手術が必要な可能性があるそうだ。それも、全身の状態が安定して、手術に耐えられるようになったら極力早めに、と」

『手術ですと！』

驚いたロイドが思わずハッキリした声をポケットの中で上げてしまい、英人は怪訝《けげん》そうに辺りを見回す。

「今、誰かの声が」

「い、いいえ、あの、通りすがりの人では？」

海里は慌てて誤魔化《ごまか》す。

「そうかな」

「おそらく！　それより、弁のこと」

「そうそう、弁自体はともかくとして、弁を支える部分がかなり細菌のせいで痛めつけられているようでね。アレルギーで体調が悪化したことも、確かに炎症を加速させることにはなったかもしれないけれど。とにかく弁を修復する手術、あるいはどうしようもなく状態が悪ければ、人工弁を入れる手術が必要になりそうだと、そう言われたよ」

「そんな……あの、あの、こんなこと、今訊ねるのはどうかと思いますけど、それであいつ、治るんですよね？　役者の仕事に復帰できるんですよね!?」

海里は縋《すが》るような思いで、そう訊ねてみた。しかし、英人の返事は、海里を打ちのめすのに十分だった。

「僕も先生に、同じことを訊《き》いたよ。先生はとても困った顔をなさってね。治る、というのが『パーフェクトに健やかな心臓』という意味なら、認識を改めてくれと言われた。たとえ手術が成功しても、この先の李英と生きていくのは、最善でも『どうにか日常生活に不自由のない程度の心臓』だと考えてくれと」

「どうにか日常生活に不自由のない程度の心臓……」

英人は重々しく頷く。

「役者の仕事がどれほどハードなものかは主治医の先生にはわからないし、ハッキリしたことがまだ言える段階ではないけれど、激しい動きができるようになるなどとは期待しないでほしいと、そう言われた」

「そんな」

あまりのことに、海里は絶句する。だが英人は、少し厳しい表情になって、こう付け加えた。

「とにかく、今はまだ、快復後のことをあれこれ考える時期じゃないんだよ、五十嵐君。まずは彼の命をこの世に繫《つな》ぎ止めるために、先生方は奮闘してくださっている」

「李英の具合、そんなに悪いんですか⁉」

「君が昨夜見つけてくれなかったら、あのまま布団の中で夜のうちに死んでいただろうと。だからこそ、君は息子の命の恩人なんだ。どうやら、動けなくなって二、三日は経っていたようだ。発熱しているし、水を飲みに行くことすら難しかったんだろう。脱水状態が酷かったそうだ」

そう言われた瞬間、海里の脳裏に、布団の中で意識を失ってグッタリしていた李英の姿が鮮明に甦《よみがえ》る。

あのまま彼が死んでいただろうと言われて、昨夜、マンションに行ってよかったという思いと、もっと早く見つけてやっていればという後悔が複雑に交錯し、海里から言葉を奪ってしまう。

「脱水状態を急激に解消させると、血液の量が増えて、心臓への負担が増すそうだ。なるほどな、と思ったよ。だから、つねに身体をモニタリングしながら、少しずつ状態を安定させて、手術に耐えられるところまで持って行くのが当座の目標だと、主治医の先生は仰っていた」

海里は、魂が抜けたような顔で、ただ僅《わず》かに顎《あご》を上下させる。

「そして、もう一つ。あの子の意識は、まだ戻っていないんだ。主治医の先生が、そろそろ覚醒《かくせい》してもいい頃だと仰るんだけど、実際、まだなんだよ」

「……そう、ですか」

もしかしたら、目覚めて予想外に元気そうな李英に会えるのではないか。

そんな都合のいい希望をこっそり抱いていた海里は、思わずがっくり肩を落としてしまった。

その雰囲気に巻き込まれたように、英人も顔をしかめ、さりげなく指先で目頭の涙を拭《ぬぐ》った。海里の手前、李英の親として理性的な態度を保とうと努力していたのだろう。

気が昂《たか》ぶった途端、本来、英人が被っていた大きな衝撃と深い心痛が、彼の李英に似た、どこか少年めいた顔に濃い影を落とす。

「とにかく、今は李英を信じて……あの子の生命力に懸けて、僕たちはあの子を見守るしかないんだ。僕は、僕の命を丸ごとあの子にあげたい。そんな気持ちでいる。君も、李英の快復を信じて、祈ってくれるかい？」

「勿論です！　勿論、信じてますし、祈ってます。だけど……だけど、こんなのあんまりだ」

海里の両目から、とうとうこらえきれなくなった大粒の涙がテーブルに落ちた。数滴は手つかずのカフェオレに落ちて、水面《みなも》に波紋を作る。

嗚咽《おえつ》をこらえようと食いしばった歯の間から、海里は掠《かす》れた声を絞り出した。

「やっと……やっと、新しい事務所に正式に所属して、憧《あこが》れのでっかい舞台に出演が決まって……。これからなのに。あいつのこれまでの努力が報われるのは、全部、これからなのに」

「五十嵐君」

李英に対する海里の想いの深さは、血を吐くような声ですべて伝わったのだろう。英人も、言葉をなくしてただ涙を流す。

二人は向き合ったまま、しばらく、声もなく静かに泣き続けていた……。

三章　彼ならそこに

その日の夜。翌、月曜日の日替わり定食の副菜にする煮物を用意していた夏神は、階段をとぼとぼと下りてきたロイドに気づき、菜箸《さいばし》を小皿の上に寝かせて置いた。

「おう、ロイド」

厨房《ちゅうぼう》に入ってきたロイドは、所在なげに夏神に訊《たず》ねた。

「何か、お手伝いすることはございませんか？」

それを聞いて、夏神は怪訝《けげん》そうに眉《まゆ》をひそめた。

「ないことはあれへんけど、俺ひとりでやれるこっちゃ。気ぃ遣わんで、上におったらええで」

しかしロイドは、悲しそうな顔でなおも言った。

「いえ。この眼鏡にできることがあるのでしたら、是非ともお仕事をいただきたく」

夏神は、困惑の面持ちで問い質《ただ》した。

「どないしたんや？　大事なご主人様の一大事やのに、放っといたらアカンやろ。こっちはええから、イガと一緒におったれよ」

するとロイドは、厨房のスツールの上に畳んで置いてあった自分のエプロンを広げながら、小さな声で答えた。

「勿論《もちろん》、わたしと致しましては主《あるじ》のお側にいて差し上げたいと思うのですが、当の海里様が、しばらくひとりにしてくれと仰《おっしゃ》るのです」

「……あー」

夏神は、微妙な納得の声を上げて、広い肩を落とした。

「なるほど、それで居場所がのうなってしもたわけか」

「はい。主が大いにご落胆の折り、何もお役に立てないばかりかお側に侍《はべ》ることすらかなわない僕《しもべ》に、なにとぞご温情を。さもなくば、この寒風の中、路頭に迷ってしまいます」

ロイドは肩をすぼめ、情けない顔でしょぼくれる。夏神は、週末だけ無精ひげを生やした顎《あご》をさすり、苦笑いした。

「ご温情て。イガも別にお前を家から追い出すつもりやないやろが。大袈裟《おおげさ》やなあ。まあ、ほな、手伝ってもらおか。人参《にんじん》の皮を剥《む》いてくれるか？」

ロイドはホッとした様子で請け合った。

「喜んで。いかほど致しましょう」

すると夏神は、サラリとこう言った。

「二十本ほど」

「おや、それはまたたくさんな」

店の仕込みなので、どうしても家庭の食卓より使う食材の量は多くなる。とはいえ、人参を一度に二十本はなかなかの数だ。

目を丸くするロイドに、夏神はこう説明した。

「キャベツの千切りは、定食屋の屋台骨みたいなもんや。それを変えるつもりはあれへんけど、添えもんがいつも切っただけのトマトっちゅうんも芸がないやろ」

「なるほど。それで、明日《あした》は切っただけの人参を代わりに？」

「いやいや。馬のおやつ違《ちゃ》うねんから、ちゃんと料理にせなあかん」

ほう、と少し考えたロイドは、ポンと手を打った。

「もしや、先日、海里様がまかないに作ってくださった、キャロット・ラペを？　あれは人参に甘酸っぱいドレッシングが滲《し》みて、たいそう美味《おい》しゅうございましたね。鯵《あじ》の干物を焼いて解《ほぐ》したものと共にサンドイッチに、と伺ったときは耳を疑いましたが、驚きの美味でございました」

しかし夏神は、「それはそやねんけどな」と首を横に振った。

「あのまんまやったら、うちの料理にはもひとつ合わんやろ。まして明日はメインが鯖《さば》の煮付けや」

ロイドも残念そうに相づちを打つ。

「ああ、確かに」

「うちの日替わり定食に組み込むには、もうちょい検討が必要や。なんぼ味をつけても、生の人参の独特の食感やら風味やらが苦手な人はそれなりにおるしな」

「はあ、なるほど。そういえば、海里様が入れておられたレーズンも……」

「好き嫌いの分かれる食材やから、そこも要検討やねん。っちゅうわけで、明日は、俺なりの方法で、人参の旨《うま》さを存分に感じてもらおうと思うとってな」

「ほうほう、して、それは？」

「手ぇ動かしながら、おいおいな」

夏神はニッと笑って、ロイドのトレードマーク、毛糸のベストの肩をポンと叩《たた》いた。

「はっ、そうでございました。二十本といえば大した量ですからね。では、早速」

ロイドは「いつもよりほんの少し元気がない」程度まで持ち直し、ワイシャツの袖《そで》を肘《ひじ》の上までまくり上げるとエプロンを身につけ、勝手口脇の根菜置き場から、二十本の人参をエコバッグに詰めて運んできた。

それをシンクでガシガシと洗い、皮を剝き始めた彼に、煮物鍋《なべ》の火を止め、蓋《ふた》をした夏神は、ロイドの隣にやってきて、小声で問いかけた。

「ほんで、夕方にお前らが帰ってきたときに、イガから聞いた里中君の話やけど」

「……はい」

話題が李英のことになったので、ロイドもピーラーを手に、囁《ささや》き声で答える。

とにかく小さくて古い家なので、音がよく通る。これだけ静まり返っていては、大きな声を出そうものなら、自室にこもっている海里に話が聞こえてしまいかねないのだ。

「格好つけのあいつがあんだけボロボロ泣いて、鼻水ズルズルになりながらでないと話されへんかったんや、よっぽどショックやったんやろうと思うし、実際、顔見知りなだけの俺でもショックや。……何て言うたかな、心臓の膜？」

「確か、里中様のお父上は、『感染性心内膜炎』と言っておられたかと」

「それは、そないにヤバいもんなんか？」

ロイドは人参の皮をできるだけ薄く剝《む》きながら、悲しげな顔で頷《うなず》いた。

「勿論、いくら親しくてもご家族ではありませんから、海里様が主治医の先生から直接ご説明を受けるというわけには参りませんでしたが、里中様のお父上が、詳細にお聞かせくださいました。かなり、危険な状態とお見受け致しましたよ」

「そら、集中治療室に入っとんのに安心っちゅうことはないやろな」

「はい。わたしたちが喫茶室でお話をしているときに、ちょうど里中様の新しい事務所の方が駆けつけてこられまして。その際、お父上から同じお話をもう一度聞いたものですから、医学に関しては門外漢の眼鏡の頭であっても、しっかりと情報が刻まれております」

「……眼鏡の頭」

「こちらでございます、勿論」

ピーラーを持った手で自分の栗色の髪に覆われた頭部を指し示し、ロイドは小さく息を吐いて話を続けた。

「海里様も、何一つ聞き漏らすまい、何か新しい情報はないかと、食い入るように耳をそばだてておいででした」

「そうか。俺に説明してくれるとき、イガの奴がずっと涙声やったから、聞き取りにくいこともあったんやけど……とにかく里中君は、運が悪かったんやろ？」

夏神は自分のまな板を調理台に置くと、ロイドが皮を剝いた人参を受け取り、まずは斜めに薄くスライスし始めた。

ロイドはその見事な包丁の切れ味と手際をほれぼれと見ながら答えた。

「はい。元から心臓の弁の閉まりが少し悪く、血液の逆流がおありだったとか。とはいえ、ずっと役者のお仕事を続けていらっしゃいましたし、普通の方よりは激しい運動をなさっていたはずです。ですから、それ自体は決して重症ではなかったのだろうとお父上は仰っていました」

「けど、そこに親知らずが嚙《か》んできたわけやな？」

「はい。親知らずは根が深いので、抜歯で細菌が血液に入りやすいのだそうです。それが運悪く心臓の中で弁に取りつき、炎症を起こしたとかで。心臓の血流の澱《よど》みが、細菌が心臓で悪さをする助けをしてしまったようなのです」

「なんちゅうこっちゃ。ほんで、イガもなんや気にしとったけど、こないだのゲホゲホは関係ないて？」

ロイドはシャッ、シャッ、と再び軽快にピーラーを動かしつつ、曖昧《あいまい》に首を傾げた。

「海里様がそのことをとても気になさっていたので、お父上がロビーを通り抜けようとなさっていた主治医の先生を捕まえて、改めてアレルギーかもしれない咳《せき》のことを訊《たず》ねてくださいました。ですが、それは今回のご病気に直接関係はなかろうと。ただ、それで体力が落ちたことが、心臓の炎症の悪化に繋《つな》がったかもしれないと仰せだったそうです」

「そうか……。やっぱしあのとき、もっと気にしたったらよかったんかな」

夏神は、いったん斜め切りにした人参を少しずつずらして重ね、細すぎない程度の千切りにしながら呻《うめ》くように言った。

ロイドは、慰めの滲《にじ》む口調で応じる。

「海里様も同様に悔やんでおられましたが、これればかりは里中様ご本人ですら深刻に考えていらっしゃらなかったことですし、どうしようもなかったかと」

「そやけどあんときにはもう、炎症が起こりかけとったわけやろ？　無理やとわかっとっても、気づけとったら……と思うてしまうわな」

「まことに。海里様にも申し上げたことですが、こういうときのために『覆水盆に返らず』という言葉があるのでございます。古来、人間の皆様は、脈々と同じ後悔を続けてこられたのでございましょう」

「……そらまた、フォローのような、フォローになってへんような。長生きの眼鏡様が見たところ、人類、そう簡単に進歩はせんっちゅうことか？」

　夏神のやや気を悪くした様子の言いように、ロイドは静かに首を横に振った。

「そうではなく。神ならぬ身なれば、いかに努力を重ね、注意を払っても、後になってしか気づけぬことがある。生き物としての進歩云々《うんぬん》とは関係なく、それは、この世のことわりではありますまいか」

「お前はホンマに時々、のけぞるほど深いことをさりげのう言うなあ」

　夏神はそう言って、実際にのけぞる代わりに包丁を置き、壁に掛けてある大きなフライパンを持ってきた。

「普通のごま油だけでもええねんけど、優しい味に仕上げたいからな」

　そう言うと、香りのない太白胡麻油《たいはくごま》と、香り高いごま油を半々でフライパンに垂らし、そこに刻んだ人参《にんじん》をどんどん放り込んでいく。

「おや。キャロット・ラペと違って、炒《いた》めるのですね？」

「俺は、野菜には極力、火ぃ通す派なんや。キャベツの千切りはどないしても生やないとあかんから、人参は、加熱して味を引き出した料理にして添えたい」

　夏神が、海里と李英を心配する一方で、やたら料理について詳しく語るのも、少しばかり喧嘩腰《けんかごし》になってみせたのも、すべて自分を力づけようとする不器用な心遣いなのだろう。

　そう察した賢明な眼鏡は、こちらも空元気を振りしぼって声に力を込めた。

「なるほど！　火は、人類の叡智《えいち》でございますからね」

「そういうこっちゃ。優しい火加減でじっくり……それこそ、人参に油がまんべんのうまわってツヤッツヤになって、いまにも折れそうなくらいしんなりするまで根気よう炒めるんや。ほんで、塩と、隠し味にちょっとだけの薄口醤油《しょうゆ》で味付けして……」

「つまり、きんぴらのようなものでございますか？」

「似て非なるもんやな。きんぴらみたいに歯ごたえを楽しむもんと違《ちゃ》う。味付けも、もっと淡い、人参の甘みをただ引き立てるための塩味をつけてやるんや。ほんで、仕上げにすりごまをたっぷり合わせて、食卓に出す前に、炒《い》った松の実をちょいと載っける」

仕上がりを想像し、空想の世界で味を構築するかのように、ロイドは数秒、目を閉じる。

「人参の自然な甘さ、それを引き立てる塩、主菜の味への橋渡しをしてくれる薄口醤油、そして香ばしいすりごまと松の実。なんと魅力的な！」

夏神は我が意を得たりとほんの少しだけ声のトーンを上げる。

「まさにそれや。とはいえ、まだそこまで行き着いとらん。全部刻んでしまうまで、炒め始められへんやろ。どんどん剝《む》いてくれや。先は長いで」

「かしこまりまーした！」

そんなやり取りを境に、二人はしばらく無言でそれぞれの作業に励んだ。

厨房《ちゅうぼう》では、ロイドがピーラーで立てるシャーッ、シャーッ、という音と、夏神が人参を刻むトントンというリズミカルな音が、まったくテンポの合わない、それでいて妙に心地よい音楽を奏でる。

　そんな音に交じって、夏神はぽつりと言った。

「あいつ、腹減ってへんかな。あの食いしん坊が、晩飯も食わんと、ずっと膝《ひざ》抱えとんのやろ」

　あいつ、というのが誰のことかは問うまでもない。

　ロイドは、残りの本数のほうが少なくなった人参をチラと見やり、手は止めずに静かに答えた。

「空腹を感じる余裕すらおありではないと存じます。里中様もお気の毒ですが、海里様もまた……。里中様を、本当の弟君のように思っておられますからね」

　夏神もまた、フライパンの中に千切りの人参の山を築きつつ、嘆息した。

「アカンなあ。ホンマは昨日みたいに、とにかく詰め込め、て叱りたいとこやけど、今日はあまりにあんまりなことやからな。まあ、あとで、何ぞ作って持っていったろうとは思うとるんやけど」

「恐れながら、今夜はとても召し上がれる気が致しませんが」

「そうは言うても、何もせんではおれんやろ、こっちも。いやむしろ、俺がいてもたってもおれんのや。あいつにはこれまで、さんざん助けてもろたからな」

　夏神の本音に、ロイドは柔和に微笑んだ。

「お察し致します。悩ましいところでございますね。お望みどおりそっとしておいて差し上げたくもあり、強引に力づけて差し上げたくもあり」

「俺は気が利かんから、励ましてやりとうても、イガがほしい言葉をやることはたぶんできんやろ。そやからせめて、手ぇつけられようがほっとかれようが、精いっぱいの旨《うま》いもんを届けることくらいは、な」

独り言のようにそう言って、夏神は天井を見上げる。

かつて、恋人を失い、奈落《ならく》の底にいた彼に立ち直るきっかけをくれたのは、師匠の船倉和夫が作ったひと皿のオムレツライスだった。

食べ物は、空腹を解消するため、あるいは美味を楽しむためだけにあるのではない。心を癒《いや》し、身体の隅々までエネルギーを満たし、力強く新しい一歩を踏み出させるためのひと口、ひと皿が、誰にでも必ずあるはずだ。

海里の師匠として、どうにかして自分がその料理を差し出す者でありたい。

そんな渇望が、夏神の胸の内にはある。

「これまで、色んな幽霊のために色んな料理を作ってきたけど、生きとる弟子を励ますための料理は、それよりずーっと難しいなあ、ロイド」

素直な弱音を口にして、夏神は再び愛用の包丁を握り直した……。

＊　＊

たくさん泣いたあとは、瞼《まぶた》が腫《は》れ上がり、やけに眠くなる。

そのせいだろうか。

神経が張り詰めっぱなしで、寝られるはずなどないのに、畳んだままの布団にもたれて、いつの間にか眠り込んでいたらしい。

「んー……ごめん、ロイド。寝てたわ、俺」

ゴシゴシと子供のように両手で目を擦《こす》りながら、海里はなにげなく、いつも傍にいるはずの眼鏡に呼びかけた。

「あ、そうか。あいつ、いないんだっけ」

次の瞬間、眠りに落ちる前に、他でもない自分が部屋から追い出したことを思い出して、彼は酷《ひど》くばつの悪そうな顔になる。

畳の上に投げ出した腿《もも》の上に両手を力なく下ろし、「そうだ」と海里は小さく呟《つぶや》いた。

「ひとりにしてくれって言ったんだ。俺が」

もはや何でも話せる「相棒」のような存在のロイドではあるが、彼と出会う前からのつきあいである李英への想いだけは、分かち合えない……いや、ロイドだけでなく、誰とも分かち合いたくないと海里は思ってしまったのだ。

(そういう気持ちは何となくわかるって言ってくれたけど、あいつ、さみしそうな目をしてたな)

部屋を出ていったときのロイドの顔つきを思い出すと、海里の胸がチリッと痛む。

だが、この家自体から叩《たた》き出したわけではないし、縁を切ったわけでもない。あのロイドのことだ。おそらく夏神と一緒に、茶の間か厨房にいることだろう。

(明日《あした》の朝、謝ろう。でも、今夜はやっぱり、ひとりでいたい)

そう思いつつ、海里は再び重い瞼を閉じた。

「懐かしい……夢だったな。珍しく、ちゃんと覚えてる」

視覚を閉ざして、海里はさっきまで見ていた夢を反芻《はんすう》しようとした。

おそらくはごく短い眠りだったはずなのに、ずいぶん長い夢を見ていた気がする。

病院で病状を聞いて以来、頭の中が李英のことでいっぱいだったせいだろうか。夢に出てきたのは、彼と出会ったばかりの頃の記憶だった。

「俺、お前に先輩って呼ばれる理由が思い当たらねえんだけど。歳だってそんなに違わねえし、同じ素人からのスタートじゃん？　かえってイヤミだっつの」

中華料理店のどこかべたついたテーブルに頰杖《ほおづえ》をつき、まだ十代の、子供っぽい顔つきの海里は、ふて腐れたようにそう言った。

こちらは中学生でも通用しそうな、今よりさらに童顔の李英は、小さなグラスの水をごくごくとやけに旨そうに飲み干してから、屈託のない笑顔で言い返してくる。

「歳の問題じゃないですよ。イヤミでもないですってば。僕は、先輩を尊敬してるから、先輩って呼ぶんです」

「だーかーらー、尊敬してもらえるような要素が何もねえだろ、俺には」

膨れっ面のままで、海里はテーブルの片隅に積み重ねられた小皿を二枚取り、そこにガラス容器からトングでザーサイをたっぷり取って盛りつけた。

そこは、二人がときどき稽古《けいこ》帰りに夕食を摂《と》った、驚異的な安さと大盛りが売り、しかも「ごはんとザーサイ食べ放題」という貧乏な新人俳優にはお誂《あつら》え向きの町中華だった。

「ほい」

小皿を前に置かれて、李英はニコニコした。

「ほらね、こういうところ」

「あ？」

「凄《すご》く自然に面倒を見てくれるところとか」

海里は照れ臭そうに顔をしかめた。

「料理が来るまで暇だから。そんだけだよ」

迷惑そうにそう言われても、李英は少しもへこたれず、笑顔のままで付け加える。

「他にも、稽古でどんなにダメを出されてもめげないところとか」

「めげてる。死ぬほどめげてる。だけど、俺が凹《へこ》んだら、俺のこと、実力もないのにいい役貰《もら》ったって思ってる奴等が、ザマァって思うだろ。それが悔しいから、平気なふりしてるだけだよ」

海里はツケツケとそう言った。

何かにつけて負けず嫌いの彼だが、自分が実力不足なことは認識していた。

ミュージカルのオーディションで、主人公のライバル役を射止めた理由は、嫌になるほどわかっている。

原作マンガのキャラクターと、海里の容姿がかなり近かったから。ただそれだけだ。

とにかくルックスをキャラクターに寄せることができれば、ズブの素人でも構わない。開演日までに、どうにか歌って踊れて最低限の演技ができるようになっていればいい。

そういう制作陣の方針が、ただ闇雲に芸能人になりたい、有名になりたいという海里の浅い望みに幸か不幸かピッタリ合致した。

とはいえ、いざ稽古が始まってみれば、既に俳優としての経験があるメンバーと、この作品がデビューのメンバーとでは、実力差があまりにも凄《すさ》まじかった。

舞台経験者たちが易々《やすやす》とできることが、海里にはまったくできない。彼らが当たり前のように使う業界独特の言い回しすら知らないので、演出家の指示が咄嗟《とっさ》に理解できない。

それは、十代独特の、無駄に高く尖《とが》った海里のプライドを激しく傷つけた。

何とかして経験者たちに追いつきたい、あわよくば追い越してやりたいという意欲は日々泡立つほど湧き上がるものの、それは簡単にかなうことではない。

海里たち初心者メンバーは皆、厳しい稽古に心身共に叩きのめされ、苦しい毎日を送っていた。

「そうやって、意地を張れるところがかっこいいんですよ」

李英がそう言ったとき、店の親父が厨房《ちゅうぼう》から出て来て、二人の前に焼きたての餃子《ギョーザ》の皿と大盛りのごはん、それにもやし炒《いた》めの皿を置いた。

海里と李英は、顔を見合わせる。口を開いたのは、やはり「先輩」の海里である。

「あの、おじさん。もやし炒めは頼んでないです」

すると、いつも無口でにこりともしない親父が、やはりブスリとした表情で投げつけるように言った。

「もやし、余ってっからサービス。野菜食いな」

二人は再び顔を見合わせ、「ありがとうございます！」と元気よく声を張り上げる。

照れ臭そうに片手を振って、ドスドスと厨房へ戻っていく親父の猫背を見送り、二人はすぐさま箸《はし》を取った。

「うま！　もやし炒めって、肉も入ってるんですね、先輩！」

一口食べるなり、李英は満面の笑みを浮かべた。海里も昭和のばね仕掛けの人形のように激しく頷《うなず》く。

「ホントだ。葱《ねぎ》もキクラゲも入ってる。完全食だな！」

味付けの濃いもやし炒めは、ごはんに載せると最高のおかずになる。稽古で腹ぺこの二人には、何よりありがたい店主の厚意だった。

ガツガツと食事をしながら、李英はなおも海里を尊敬するポイントを挙げた。

「あと、原作マンガを読んで、めっちゃくちゃキャラを寄せてるとこ。ただ立ってるだけで似てるのに、稽古のたびに似てるところが増えてって、もうほぼ本人じゃないですか」

海里は酢に胡椒《こしょう》を大量に振りかけて餃子のつけだれを作りながら、恥ずかしそうに、しかし自分が演じるキャラクターが前髪を搔《か》き上げる仕草を真似てみせた。

李英は喜んで両手を打ち鳴らす。

「そう、そういうの！　くう、かっこいいな！　そういうのが凄く自然にやれてるの、やっぱ尊敬ですよ。日頃から、なりきってやってるから自然なんでしょ？」

海里は呆《あき》れ顔で、くっついた餃子を箸でひとつ外し、つけだれをたっぷりつけて口に放り込んだ。

「こんなの、誰だってできる。だけど、肝腎《かんじん》の身体がダメだもん。身のこなしをキレッキレにするためとか、ポーズをかっこよく決めるための筋肉がまだ全然できてねえ。完コピへの道はめちゃくちゃ遠いよ」

「それだって、そのうち何とかするでしょ？」

「絶対する！」

「だからかっこいいんですよ、先輩。僕、そんなに努力家になれる自信がないですもん」

（何言ってんだか）

夢の中で見た、李英の無邪気な笑顔を思い出し、海里は目を閉じたまま呟いた。

「努力家は、お前のほうだよ」

ミュージカルのロングラン公演がついに終わって以来、本格派の俳優を志してもテレビドラマのオーディションでは箸にも棒にもかからず、たまに役がついたと思ったら、主人公の当て馬や殺され役ばかり。

舞台公演の客演依頼が来たところで、主催する劇団の目当ては海里自身ではなく、金払いのいい、ミュージカル時代からの根強いファンだった。

そうしたファンには「全通」と呼ばれる全公演のチケットを購入する行為で応援をしてくれる人が多く、劇団幹部たちは、優秀な金づるを連れてくる客分として、海里を求めていたのだ。

そんな失意と挫折《ざせつ》と屈辱の日々に辟易《へきえき》した海里が、バラエティ番組で「楽をして」いるあいだも、李英は舞台役者として、どんなに小さな劇団でも、どんなに小さな会場《ハコ》でも、仕事を選ばずこつこつと経験を積み重ねていた。

まるで、イソップ寓話《ぐうわ》の「アリとキリギリス」のように、芸能界を追われた海里が我に返ったとき、李英は立派な舞台俳優になり、海里が憧《あこが》れていた俳優たちと堂々と共演する身の上になっていた。

そんな李英が自分を未《いま》だに「先輩」と呼んでくれるのは、嬉《うれ》しくもあり、くすぐったくもあり、情けなく、申し訳なくもある。

（ホントは、俺があいつを「先輩」って呼ばなきゃいけない番なのにな。……そうだよ、そうなんだよ、李英）

また涙がこみ上げてきて、海里は閉じた瞼《まぶた》に力を込めた。

「あんなに努力して、苦労して、やっとここまで来たんじゃねえかよ。新しい事務所に移って、舞台の仕事に専念できる環境ができて、オーディションで凄くいい役貰って。今までの苦労とか努力とかが、これからやっと報われるところだったんじゃねえか」

泣くまいとしても、海里の閉じた瞼から涙は頬へと流れ落ち、声はたちまち湿っていく。

「何だよ、なんとか心膜炎て。心臓に逆流があったとか、そんなの知らねえよ。お前、めちゃくちゃ元気に舞台の上で走り回ってたじゃねえか。なんでこんなことになるんだよ。なんで、夢を諦《あきら》めて怠けてた俺じゃなくて、ずっと真面目に頑張ってたお前が病気になんかなるんだよ。なんで手術とか……危ない状態とか、この先は役者として思う存分暴れられないとか、ありえないだろ、そんなの」

独り言に次第に熱が籠《こ》もり、海里の片手が、布団の山の側面をバシッと叩《たた》く。乾いた音が、狭い室内に響いた。

「俺ならよかったのに」

思わず口から迸《ほとばし》ったその言葉は、海里の本心だった。

無論、海里にも今は目標がある。

夏神のような本物の料理のプロに少しでも近づくこと。

倉持悠子《ゆうこ》の指導を受けて演技を基礎から学び直し、まずは朗読をものにすること。

そうした夢を疎かにするつもりも、諦めるつもりもない。

それに、芦屋に来てから和解を果たした家族にも、今は深い愛情を抱いている。

自分に何かあったら、彼らが深く悲しむだろうこともよくわかっている。

それでも。

それでも、おそらくは青春と呼べる日々を共に励まし合って駆け抜けた李英のためなら、海里は喜んで身を投げ出すだろう。

ただの「弟分」ではなく、李英は海里にとっては本当の弟なのだ。

「俺が、代わってやればよかったのに」

涙と一緒に、どうあってもかなえられない願いが零《こぼ》れる。

だが次の瞬間、海里は畳に座ったままの姿勢でありながら、文字どおり飛び上がった。

実際には、畳からほんの数ミリ尻《しり》が浮いた程度だろうが、気持ちの上では大ジャンプである。

『そんなのダメですよ、先輩』

突然、李英の返事がどこからともなく聞こえてきたからだ。

「えっ？」

　海里は、慌てて部屋の戸口を見た。

　集中治療室に収容されている李英が、万に一つも「ばんめし屋」を訪れる可能性はない。

　そんなことは百も承知だが、心の中にほんのひとかけらある希望が、海里にそんな愚かな真似をさせたのである。

（いや、李英がいるわけねえだろ。けど……まさか、空耳？　あんなハッキリした空耳があるか？）

　馬鹿馬鹿しいと思いながらも、海里はキョロキョロと室内を見回す。

『先輩は、自分を大事にしてくれないと』

　また、李英の声が聞こえた。

　今度は、すぐ近くで。

　右耳に、息がかかりそうなほど近くで。

　海里は、油の切れた人形のようなぎこちない動きで、ゆっくりと首を右に回し……そして、絶叫と同時に気絶した。

「我が主！　海里様！　しっかりなさってくださいませ！」

「イガ！　おい、目ぇ開けろ！」

うるさいほどの二重奏と、容赦なく頬を叩かれる痛みで、海里の意識はしぶしぶ水面《みなも》に浮上した。

「ん……」

やはり泣きすぎて腫《は》れ上がった瞼は重く、奈良の大仏のような薄目しか開かない。

それでも、至近距離で鬼の形相の夏神と、半泣きのロイドの顔が大写しになって、嫌でも瞬時に完全覚醒《かくせい》する羽目になる。

「な、何⁉」

気付けば、彼は夏神に背中を支えられ、というか、ほぼ抱き込まれるような状態になっていた。

「ここで何してんの、夏神さん？　ロイドも。ひとりにしてくれって言っただろ？」

海里の口から飛び出した疑問に、夏神は呆気《あっけ》に取られた顔つきで、大きな口をパクパクさせた。代わりにロイドが咎《とが》めるような口調で言い返してくる。

「厨房《ちゅうぼう》で明日《あした》の仕込みをしておりましたら、海里様の悲鳴が聞こえたのでございますよ。それで、夏神様と飛んで参りましたところ、海里様が失神しておいでで……」

海里は夏神の大きな身体を押しのけるようにして自力で起き上がり、額にかかる前髪を鬱陶《うっとう》しそうに掻《か》き上げた。

「は？　失神？　俺が？　なんで……あっ」

そこで海里は、自分が確かに気を失ったこと、その直前にあったことをようやく思い出した。

「そうだ！　なんか、李英のことを考えてたら、李英の声が聞こえたんだ。すぐここで」

海里の右手が、自分の右耳に触れる。

「それで、そっちを見たら、李英が……座ってて、俺、ビックリして。死ぬほどビックリして」

夏神とロイドに説明しながら、海里は怖々、それでも勇気を振り絞って、さっき、確かに李英がペタリと座り込んでいた自分の右隣に視線を向ける。

だが、そこには誰もおらず、古びた畳が見えるだけだ。

「あ、いない。なんだ、やっぱ幻でも見たのか、それかまだ夢を見てたのか……」

海里はほっと胸を撫《な》で下ろしたが、一方の夏神とロイドは、何とも言えない複雑な面持ちで海里を見つめた。

「あ？　な、何だよ。俺の頭がどうかしたとでも思ってんの？　いや、確かにちょっとリアクションが大袈裟《おおげさ》過ぎた自覚はある。心配掛けてごめ……」

「あ、いや」

海里の発言を遮って、おきながら、夏神は何故か不自然に口ごもり、救いを求めるようにロイドを見る。

ロイドもまた困り顔で咳払《せきばら》いして、何故か海里の左側をそっと指さした。いつもは過剰なまでにお喋《しゃべ》りな彼が、何故か無言である。

「は？　何？」

不可解な二人の態度に軽く苛《いら》ついた海里は、今度は勢いよく反対側を見て……そして、再び絶叫した。

「うわあああああ！」

ガタガタと昆虫めいた動きで後ずさった彼の視線は、室内の一点、さっきまで彼が座っていた場所のすぐ左隣に注がれている。

そこには、里中李英が本当にいた。

きちんと畳の上に正座して、申し訳なさそうに小さな肩をより小さくすぼめ、しかし、全身が半ば透けた状態で。

それは、海里たちにはあまりにもお馴染《なじ》みの、「幽霊」の姿だった。

「う……そ、だろ？」

「嘘ではございません。里中様は、確かにここにいらっしゃいます。ただし、魂のお姿ではありますが」

「さすがに今回は、お前らほど霊感がない俺にも、うっすら見える。里中君と多少の縁があるせいかもしれんて、ロイドは言うんやけど」

ロイドと夏神は口々に李英の「実在」を告げたが、そうした言葉が海里の耳には少しも入っていなかった。

今度は畳に両手をつき、李英にまろび寄った海里の両目からは、涙腺《るいせん》の蛇口が壊れたのかと思うほどの涙が一気に溢《あふ》れ出した。

「嘘だろ！　お前、何死んでんだよ！」

「海里様、落ちついてくださ」

「これが落ちついていられるか！　集中治療室ってのは、ヤバい奴を死なないようにする場所じゃないのかよ！　なんでこんなことに」

すると李英の『幽霊』は、申し訳なさそうにぽつりと言った。

『一応、死んでません。たぶんですけど』

「……は？」

李英の声は奇妙に歪《ゆが》んではいたが、言葉は明瞭《めいりょう》に聞き取れる。

死んでいないと聞いて、海里の涙がピタリと止まる。

「いや、死んでないって、お前、見るからに幽霊じゃん」

李英は両手を軽く広げ、自分の姿を見て、力なく項垂《うなだ》れた。

『そうなんですよね。透けてますよね、僕』

「透けてる。めちゃくちゃ透けてるし、声も変だし、俺たち、わけあってそういうのに詳しいんだよ。それって、幽霊……」

「では、ございませんよ、海里様。どうか落ちついて、里中様とご一緒に、この眼鏡の話をお聞きください」

ロイドは海里の隣に来て、宥《なだ》めるように手のひらで背中を優しく撫でた。子供扱いには腹が立ったが、確かに徐々に気持ちが落ちついてくるのを海里は感じる。

「聞く。つか、聞かせろ。どういうことだよ！　李英は死んでねえの⁉」

「亡くなってはいません。まずはご安心めされよ」

力強く請け合って、ロイドは李英を見た。

李英は頷《うなず》き、正座のままで海里に説明を試みる。

『僕、このお店でごはんをいただいたあの日から、ちょっとずつアレルギーが酷《ひど》くなって、凄《すご》く身体が怠《だる》くて、熱も出てきてました。でも、アレルギー症状が酷いときって、そんな感じなんです。だから、休めば治ると思って、ずっと寝てました』

「なんでその時点で連絡してこねえんだよ！」

『だって、アレルギーでつらいから来てって言いにくいじゃないですか。凄く大袈裟みたいで』

「気持ちはわかんないでもないけど、でもつらかったんだろ？　言えよ、マジで！」

悲鳴のような海里の訴えに、李英は心底申し訳なさそうに頭を深々と下げた。

『すみません。今は凄く後悔してます。そのうち熱が上がってきて、とにかく寝て治そうと思ってたら、そのまま意識がなくなっちゃったみたいです。気がついたら、身体が全然動かなくて、喋れなくて、ただ先輩が僕の名前を何度も何度も呼んでるのだけが聞こえました』

海里はハッとした。

「呼んでたよ！　マンションで意識がないお前を見つけてから、救急車が来るまでも、救急車の中でも、病院についてからも……それこそ、お前が処置室に吸い込まれちゃうまでずっと」

『ですよね。聞こえてました。ずっと』

李英は嬉《うれ》しそうに自分の両手をヘッドホンのように耳に当て、そしてこう言った。

『先輩があんなに呼んでくれてる。行かなきゃ。そう思ったら、スポンって抜けちゃって』

「……何が？」

嫌な予感をヒシヒシと覚えつつ、それでも海里は敢《あ》えて問いかける。

李英は小さな声でポソリと言った。

『たぶん、魂が』

「……それは、つまり？」

海里の問いは、むしろロイドに向けられている。

ロイドは小さく肩を竦《すく》めて簡潔に答えた。

「世の方々に通りのよい言葉で言えば、『幽体離脱』という類《たぐい》のものかと」

海里は、啞然《あぜん》として自分を指さした。

「俺がしつこく呼んだばっかりに、李英の魂が身体から抜け出したってこと⁉」

「おそらく。わたしが近くにいれば気付くことができたでしょうが……」

「お前は店に残ってたもんな。けど、なんですぐ俺んとこに知らせに来てくれなかったんだよ。あ、責めてるわけじゃないけど、でも」

海里は畳の上に胡座《あぐら》をかき、両手で短い髪を掻き回す。李英はますます恐縮した様子で弁解した。

『僕も、自分に何が起こっているのか、二重の意味でわからなくて、何とか身体に戻ろうと必死になっていたんです。でも、どれだけ頑張っても無理で。色んな管に繋《つな》がれた自分の姿を見て、大変なことになってるのだけは理解しました。このままだとさらにまずいだろうと思って、看護師さんに事情を伝えようとしましたけど、誰もこの僕には気付いてくれませんでした。だから、夜通し自分の身体に貼り付いて、上に寝そべって、何なら助走をつけて飛び乗って、とにかく戻ろうと努力したんですけど、ダメでした』

「だいぶ過激な努力をしたんだな。逆に心臓に悪影響だったんじゃね、それ」

李英の姿は確かに半分透けているし、声もいつもの彼のものではない。

それでも、大変な非常時だというのに彼の語り口はいつものように穏やかで柔らかく、海里の衝撃でささくれ立った気持ちを急速に落ちつかせてくれる。

むしろ半ば呆《あき》れた様子でツッコミを入れた海里に、李英もようやく僅《わず》かに口角を上げた。

『魂の僕には重さがないみたいなので、それは大丈夫かと。そうこうしているうちに、父が来ました。可哀想なくらい青ざめた顔をしていて、本当に申し訳なかったです。父にも僕は見えないようでしたけど、一緒にいれば、自分の身体がどうなっているかくらいはわかると思って、ついていきました。そうしたら、……主治医の先生の話を、父と一緒に聞いてしまって』

海里とロイド、それに夏神は、同時に「まずい」という顔つきになった。

まさか意識不明の本人が、あの深刻な病状説明を一緒に聞いていたなど、李英の父親である英人も、主治医も、夢にも思わなかったに違いない。

「お前、それはいくらなんでも反則……」

『すみません。でも、聞いちゃったんです。僕の心臓がだいぶまずい状態で、命の危機でもあって、たぶんけっこう大規模な手術が必要で、それが成功しても、前みたいに身体を自由自在に使うことはできないだろうって話を』

あああ、と腹の底からの呻《うめ》き声が、海里の口から漏れた。

自分以上にそのことに傷ついてくれる先輩を、むしろどこか嬉しそうな眼差《まなざ》しで見やり、李英は寂しく微笑んだ。

『もう、絶望しちゃいました。僕のこれまでは何だったんだろう、もうダメだ、全部ダメになったって思ったら死にたくなって……だけど、それすらできないんですよね、身体に戻れないんですから』

皮肉っぽくそう言って、李英は透けた身体で深い溜《た》め息をつく。

「お前、それでどうしてここに……?」

『先輩に、無性に会いたくて』

想いのこもった一言に、海里は身を震わせた。

「俺に？」

李英の細い顎《あご》が、小さく上下する。

『このまま身体に戻れないなら、僕、どのみちきっと死ぬんだろう。その前に、せめて先輩に会いたい、謝りたい、お別れも言いたい。そう思ったら、いつの間にかここに来ていました』

「李英……っていうか、ロイド！」

弟分の健気《けなげ》な言葉に胸を打たれた海里だが、次の瞬間、我に返ってロイドに詰め寄る。

「こいつが入院してるK病院、ここからそこそこ遠いぞ！　大丈夫なのかよ、こいつの本体は」

「海里様、落ちついてくださいませ」

ワイシャツの襟元を絞め上げられんばかりの勢いで迫られたロイドは、両手を胸の間に出し、海里を宥めようとする。

「これが落ちついていられる事態かよ！」

「それはそうですが、もし、里中様のお命にかかわる事態に陥っているようでしたら、お父上からご連絡がありましょう」

「それは……確かに」

「ないということは、現段階では大きな病状の変化はないということでありましょう。少なくとも、しばらくの間……数日程度であれば、深刻な問題はないかと」

「それ以上、長くなれば？」

「いつとは申せませんが、肉体と魂を結ぶ糸は、徐々に細く弱くなるもの。あまり長期にわたり、魂がお体を離れていれば、いずれは本当に戻れなくなってしまいます。また、お体を離れれば、魂は徐々に衰えてゆくもの。今、このときでさえ。ああ、お待ちを」

再び取り乱しそうな海里を素早く制止して、ロイドは静かにこう提案した。

「里中様の魂の衰えをしばし防ぐ方法が、ひとつだけございます」

「どうすりゃいいんだよ⁉」

「なんや、飯か？」

ずっと黙って聞いていた夏神も、思わず身を乗り出す。

「さすがに、霊魂の状態でお食事は無理でございましょうが……ご一緒ならば、あるいは」

ロイドは淡い笑みを浮かべてそう言うと、海里のジャージの胸元を指先でちょんと突いた。

「は？」

『ロイド、さん？』

その謎めいた仕草に、海里だけでなく、当の李英もつぶらな目を丸くする。

いったんはガッカリした夏神も、ロイドにギョロ目を向けた。

「どういうことや？」

するとロイドは、軽く胸を張り、どこか得意げにこう言った。

「里中様が実のお兄様と慕う海里様のお身の内であれば、里中様の魂もご自身のお身体に次いで、安らいだお気持ちで、しばし憩うことができようかと」

李英は、子犬のように首を傾げた。

『つまりそれって、どういうことですか？』

一足先にロイドの意図を理解した海里は、何とも複雑な面持ちで、今度は自分の手のひらを胸元に当てた。

「それってつまり、こないだまで淡海先生の身体の中に、妹の純佳《すみか》さんがいたみたいに？」

「さようでございます」

「俺の身体の中に、李英の魂をしばらく間借りさせりゃいいってこと？　それで、李英の魂が衰えて消えたりせずに済む？」

海里は期待を込めて問いを投げかけたが、ロイドは冷静にそれを否定した。

「そこまでの効果は見込めません。ですが、少なくとも現段階では、里中様の魂を庇護《ひご》するもっとも有効な方法かと。それでも、数日内にはどうにかお身体に戻る方法を考えねばなりますまいが」

「つまり、『溺《おぼ》れる者は藁《わら》をもつかむ』とか『焼け石に水』的なことかよ?」

「いえ、それよりはもう少しだけ有効と考えていただけますれば」

「もう少しだけかあ。いや、それでもやらねえよりは全然マシだ。李英!」

腹を決めると、海里の行動は早い。

李英のほうに身体ごと向き直った彼は、頼りなく透けた弟分の顔をじっと見て問いかけた。

「自分の身体にも戻れないのに、俺の身体に同居じゃ嫌かもだし無理かもだけど、試してみるだけはやってみないか? そんで時間を稼ぎながら、一緒に、お前の身体に魂を戻す方法を考えようぜ」

熱の籠《こ》もった口調で、海里はそう言った。

しかし、肝腎《かんじん》の李英のほうは、まだ心を決め兼ねているようで、もじもじとこう返した。

『でも、先輩。僕は……』

「やっぱ、俺の身体に同居じゃ嫌か? けど、今んとこ他にいいアイデアは」

『いえ! そうじゃないです。先輩がそんなに僕のことを考えてくれていて、凄《すご》く嬉《うれ》しいです。だけど僕は』

「何だよ」

『僕は、生きる目的をなくしてしまいました』

ある意味、幽霊予備軍のような姿の李英が言うと、そんな言葉は過剰なまでの現実味を帯びる。

「それは」

『皆さんのお力を借りて、万が一身体に戻れたら……僕は、僕は、もしかしたら自殺をするかもしれな』

「んなこと言うな！」

海里は思わず怒鳴った。その肩を、ロイドが優しく、しかし断固とした表情で押さえ、李英に詰め寄らせまいとする。

李英は、怒りを露《あら》わにする海里に、再び頭を下げた。

『すみません。でも、僕はもう、何のために生きればいいのかわからないんです』

「だから、それは」

「それは、身体に戻れてからおいおい考えたらええこっちゃ」

海里の言葉を遮って、投げやりともいえる台詞《せりふ》を口にしたのは、夏神だった。

腕組みした彼は、野太い声で言い放った。

「とにかくや。このままズルズル時間切れで問答無用に死んでしまうよりは、ちゃんと身体に戻れた状態で、里中君が生き死にを自分で決められるほうがええに決まっとる。そうやろうが」

おそらく、他の三人のやりとりをじっと聞いていて、自分なりの考えを必死で考え、捻《ひね》り出した言葉なのだろう。こういうときの夏神には、どんなに激しく言い争っている人間でもスッと黙ってしまうような迫力がある。

李英も、夏神の一言一言を噛《か》みしめるように幾度か頷《うなず》き、『そうです』と肯定した。

「ほな、試してみい。イガと短期合宿やと思うたら、存外楽しいかもやで？　どうせやったら、踊らな損、損……や」

最後は微妙に節をつけて歌うようにそう言って、夏神は海里をチラと見る。

強力な援護射撃にこちらも視線で感謝を伝え、海里は再び李英を見据えた。

「いいから、とにかく突っ込んでこい！　どーんと受け止めてやるから」

李英も頷き、緊張の面持ちで海里の真ん前までやってきた。膝立《ひざだ》ちになって、海里の顔を覗《のぞ》き込む。

『マスターが言ってくださったみたいに、先輩と短期合宿なら……このまま死ぬにしても、最後の思い出にやってみたいって思いました』

海里も、強張《こわば》った顔で大きく頷く。

「今は、それでいい。あとのことは、あとで一緒に考えよう。とにかく……来い！」

海里は両腕を大きく広げ、どんな勢いで突っ込んできても、李英を必ず受け止めるという気概を示す。

しかし、李英はいかにもおずおずと右手を海里のほうへ伸ばし……そして、手のひらでパジャマの胸元に触れた……と思うと、手のひらから手首までが、ズボリと海里の胸に吸い込まれる。

いや、吸い込まれたのではなく、李英の実体のない手が、みずから海里の肉体に潜り込んだのだ。

「来いって！」

『……お邪魔しますっ』

何とも間の抜けた、それでも当人は真剣そのものの挨拶《あいさつ》と同時に、李英の腕、胸元、頭、下半身と、順番にその細い小柄な全身が、海里の体内に消えていく。

「おい、イガ、どうや？　大丈夫か？　痛みとか、違和感とかそういうんは……」

自分からけしかけておいて、夏神はオロオロと心配し始める。

ゆっくりと自分の全身に触れ、最後に胸元をそっと押さえて、海里は半分魂が抜けたような顔つきで答えた。

「や、大丈夫。なんかもっと衝撃があるのかと思ったけど、するんって」

「するん？」

「何だか、物凄く滑らかなゼリーを飲み込むときの感じ。あんな具合で、李英が入ってきた。ここにいるのが、何となくわかる。胸が、じんわり温かい」

「上手《うま》くいったようでございますね。海里様と里中様が、心より互いを信頼しておられるからこそ、為《な》せたことでございますよ。まずは、おめでとうございます」

ロイドもまたあからさまな安堵《あんど》の表情でそう言った。

李英と海里をリラックスさせるために、いかにも「短期合宿」は容易であるような口ぶりだったロイドだが、実はそう簡単なことではなかったのかもしれないと海里は察した。

「けど、李英の声とかは聞こえないんだけど。あいつ、まさか俺の中で溶けちゃったとか、そんなことは……」

「ございませんよ。今は、海里様のお体という仮のお宿に馴染《なじ》むのに、少し手間取っておられるのでしょう。今宵《こよい》はぐっすりおやすみになって、明朝はきっと」

「李英と、話ができる？」

「きっと、お二人の絆《きずな》があれば。このロイドはそう信じておりますよ」

　ロイドは温かな声でそう言い、深く頷く。

「そっか。よかった……。とりあえずは、よかった。何もかもは、明日《あした》からだ。李英の魂を身体に戻す方法を考えるのも、李英に自殺させない道を探すのも。

腫れぼったい目に笑みを浮かべた海里は、片手を、今度は腹に当てた。

「なんか……すべては明日からだって思った瞬間、すげえ腹減ってきた」

　それを聞いて、夏神は破顔する。

「そら、『腹が減っては戦はできぬ』て言うからな。よっしゃ、任せろ。もともと作るつもりやったんや。旨《うま》い夜食をすぐ用意したる」

「えっ、何を？」

海里はたちまち持ち前の好奇心を露わにする。

「夏神留二スペシャルの、木の葉丼や！」

耳慣れない丼物の名前に、海里はいつもの三割程度しか開いていない目をパチパチさせた。

「木の葉丼？　スペシャル？　どういうやつ？」

「それは、食うてのお楽しみや。ちょー待っとき、ふたりとも」

実にさりげなくそう言い残し、夏神はのしのしと部屋を出ていく。

「へへ。楽しみだな、李英」

どこか気恥ずかしそうに、自分の胸をポンポンと叩《たた》いて話しかける海里を、ロイドは微笑ましそうに見守っていた。

そんな成り行きで、海里と李英の奇妙な「短期合宿」が、突然始まったのである。

四章　スパルタ合宿

誰かに優しく肩を揺さぶられている……のでは、ない。

むしろ、正確に表現するなら、腹の中で腸をさわさわと掻《か》き回されているような異様な感覚がある。

「おわッ」

あまりにも気持ち悪くて、海里は瞬時に目を覚まし、飛び起きた。冬の室内が冷えているのは事実だが、それとは違う理由で、全身に鳥肌が立っている。

「な、なんだよこれ。腹に何か、変なもんが」

『先輩、すみません！』

「うわああっ」

海里は驚きの声を上げた。

それは、昨夜遅く、眠りに落ちる瞬間まで、大丈夫だろうか、ちゃんと聞けるだろうかと気を揉《も》んだ、待望の李英の声だった。

しかも、ロイドが眼鏡姿のときの会話と同様に、耳を介さず、直接脳に声が届く不思議な感覚である。

「李英！　喋《しゃべ》ってるってことは、俺の中に何とか居座れてるんだな？　って、どこらへんにいるんだ、お前」

『これ、どこなんでしょう。ここ……このあたりです。さっき、ちょっとだけ自己主張してみたんですけど、もう一回』

「ぐわッ」

　またしても異様な腹部の不快感に襲われた海里は、両手でパジャマの上から腹を押さえ、奇声を上げた。

「李英、もういい。なんかわかった、わかったから」

『あ、感じられました？　もしかして、ちょっと気持ち悪かったり？』

「ちょっとどころじゃねえよ。中から腸を揉みまくられてるみたいで、滅茶苦茶《めちゃくちゃ》気持ち悪いぞ。もうお前の居場所は何となくわかったから、絶対やめてくれ」

　海里がそう言うと、すぐさま不快感は消えた。そして、すぐに恐縮する癖がある李英の、耳慣れた謝罪の言葉が脳に響いた。

『すみません！　つい、出来心で。でも、頭でも胸でもなく、お腹に収まるんですね、魂って。何ごとも、経験してみないとわからないなあ』

　妙なことで感心する李英に、海里は臍《へそ》の下辺りをグルグルとさすりながら苦言を呈する。

「そういう経験は一度きりにしてくれよな。これを毎日やられたら、軽く死にそう」

『もうしません。本当にすみません。あ、おはようございます。先輩、ロイドさん』

律儀に朝の挨拶をする李英に、まだ布団の上に身を起こしたままの海里だけでなく、枕元に体育座りのロイドも、にこにこして朝の挨拶を返す。

『あ、先輩の身体の中からでも、ロイドさんにも僕の声が聞こえるんですね？』

「聞こえておりますよ。なるほど、里中様がいらっしゃるのは、海里様の、いわゆる『丹田』でございますかね」

たんでん、と海里と李英は同時にたどたどしく復唱する。

「たんでん……つーと、永年私財法的な？　なんか日本史でやったな」

『先輩、それは墾田です』

予想外にキレのいいツッコミを入れてから、李英は、自信なげにこう言った。

『そういえば、昔、舞台のトレーニングの一環でお寺に座禅を組みに行ったとき、お坊さんに言われましたね。丹田に意識を集中して、って。あれですか？』

ロイドは、嬉《うれ》しそうに返事をした。

「さよう、その『丹田』でございます。ちょうど、お臍の下あたりのことでございますね。内丹術におきましては、『丹薬を煉成《れんせい》する場』でありまして……」

「……寝起きに難しいこと言ってんなよ。もうちょっと簡略に頼むわ」

こちらは対照的に、寝起き独特の不機嫌さを見せる海里に、ロイドは少し考えてから口を開いた。

「そうでございますね。平易な言葉を用いますなら、気が集まる場所とお考えいただければ大きな齟齬《そご》はないかと。海里様のそこに里中様の魂が宿るとは、なるほど納得できるような気が致します」

「へえ……。朝から、つかもう昼前か。高級な話をありがとな」

「どういたしまして」

主《あるじ》の仏頂面などまったく意に介さず、ロイドはニコニコと応じる。

そんな二人のやりとりを海里の体内で聞いていた李英は、躊躇《ためら》いがちに口を挟んだ。

『すみません、僕、昨夜、ドサクサで知ってしまった……みたいなんですけど』

「あ？」

そうしたところで何が見えるわけではないのだが、海里はつい自分の腹部を見下ろしてしまう。李英は、

『ロイドさんは……その、眼鏡の人、あれ、なんか変だな。眼鏡が人、ええと？　昨夜、先輩が寝るとき、ロイドさん、すうっと眼鏡に変身したような気がして。で、さっきはその逆だったような気がするんですよね。信じられないけど』

「あ」

「これは迂闊《うかつ》でございましたね」

腹の中で混乱する李英をよそに、海里とロイドは互いに「しまった」という表情で顔

を見合わせる。

昨夜、予想外の展開に、海里はこの上なく動転していたが、落ち着き払っているように見えていたロイドも、実は相当に慌てていたに違いない。

海里は戸惑いつつも、李英に説明を試みた。

「実はそうなんだ。俺たちにとっては最重要機密なんだけどさ。ロイドは、俺が夜の公園で拾った滅茶苦茶古い眼鏡で、それからずっと俺の……ええと、何だっけ」

「忠実な僕《しもべ》でございます！」

「そう、それ。信じられなくて当たり前なんだけどさ、前のご主人様に凄《すご》く大事にされたから魂がポンと宿ったとか、力がついたから人間に化けられるようになったとか、そういう話で」

「海里様、せっかくの機会ですから、もう少し詩的、文学的にエレガントなご説明をお願いしたく」

「めんどくせえ！　嘘は言ってないだろ。な、李英。嘘じゃないんだよマジで」

『……ふっ』

二人のやいやいと賑《にぎ》やかな、そしてぴったり息の合ったやり取りに、李英は思わず噴き出した。

『あはは、わかってます。先輩の身体を間借りしているせいか、先輩が嘘をついてないってことが、ハッキリわかります。お二人が僕を騙《だま》そうとする人たちじゃないってことも知ってますし。でも、面白い眼鏡さんですね、ロイドさんは』

　無論、海里の体内に潜り込んでいるので顔は見えないが、李英が病に倒れて以来、初めての笑い声である。

　海里とロイドは言い合いをやめ、たちまち自分たちも嬉しそうな表情になった。

「そう、笑う門には福来たると申します。困難な状況ではございますが、笑みを忘れずに参りましょう。そして、わたしが眼鏡であることは、くれぐれもご内密に。こんなに優秀な眼鏡が実在していることが世間に知れたら、大騒動になってしまいますからね」

「……お前のその自己肯定感の強さは、全世界が見習うべきだと思うわ」

　李英が笑ってくれたこと、そしてロイドの正体をすんなり受け入れてくれたことに安《あん》堵《ど》して、海里は立ち上がった。

「とにかく、今日は店の仕込みを途中で抜けて、K病院へ行こうぜ。少しでも李英の本体に近いところへ行けば、もしかしたら今日は気分も変わって、戻れるかもしれねえし」

『……そうですね』

　特にそうは思っていない正直な口調で、李英はそれでも肯定の返事をする。

「お父さんもいるだろうし、病状がどうなってるかも知らなきゃだし。とにかく行ってみよう」

「海里様、わたしも今日もご一緒に。夏神様おひとりにお仕事を押しつけてしまいますが、里中様の御身の状態を感じとりとうございます」

ロイドの申し出に、海里も賛成した。

「俺じゃわかんないこともあるだろうから、助かる。夏神さんには俺から言うよ」

「お願い致します」

『お二人とも……いえ、マスターにも、僕の勝手に付き合わせてしまって、申し訳ありません。その、昨夜から今朝にかけて、先輩の身体の中でずっと考えていました』

「ん、何を？」

パジャマを脱ぎ捨て、お気に入りのバンドの長袖《ながそで》ツアーシャツとカーゴパンツに着替えながら、海里は無造作に問いかける。

『生きていても仕方ないっていうのは、僕の本心です』

「おい、李英」

たしなめようとする海里を無視して、李英はむしろ淡々とした調子で告げた。

『身体に戻れなくて自殺できないなら、このまま先輩の身体も出て、ひとりでどこか遠くへ行って、魂が弱って消えるのを待てばいいんじゃないか、とかそんなことを考えてました』

「おい！　人が寝てるときに、人の身体の中で物騒なこと考えてんじゃねえよ。そういう思考に行き着いたときは、起こせよな！」

海里は、長い脚を通しただけでまだ前を留めておらず、ボクサーパンツが覗《のぞ》く腹部を、いや、その内側にいる李英を叱責《しっせき》した。

やはりいつもの『すみません』を口にしてから、李英は、大人しいくせに頑固な彼らしく食い下がる。

『でも、これは僕自身の命のことなので。ひとりで決めたいと思っています』

「そ、それはそうだけど！」

『心配しないでください。でもやっぱり、皆さんがこんな風に親身になってくださるんですし、僕の身体もこの先何か状況が変わるかもしれません。短気を起こすのはやめようと思いました。人生最後の選択になるかもしれないんですから、きちんと身体に戻って、自分自身に責任を持ちたいと思ってます』

「お……おう。とりあえずそれでいい……のか？」

どんな行動を選択しようとも、李英の頭の中に常に「死」があることを痛感して、海里は戸惑う。

説得すべきか否かという主《あるじ》の迷いを感じとったロイドは、さりげなく助け船を出した。

「里中様の仰せのとおり。今は、刻々と変わりうる状況を見極めるときでありましょう。悔いのない選択ができるよう、海里様の御身に宿り、魂を健やかにお保ちくださいませ」

『……はいっ。ありがとうございます。お世話になります』

声しか聞こえないが、海里とロイドの脳裏には、二人に向かって深々と頭を下げる李英の姿が、ありありと浮かんでいた。

午後二時過ぎ。

「何これ。超旨《うま》いんですけど！」

仕込みの真っ最中である「ばんめし屋」の厨房《ちゅうぼう》に、海里の驚きの声が響いた。

「もうちょい食べてみないと」

そんな言い訳とも宣言ともつかない言葉と共に、盛り付け用の先が細い箸《はし》でヒョイと取り、手の甲に載せたのは、昨夜、夏神が作った人参《にんじん》の副菜だった。

もぐもぐと頬張りながら、海里は小さく唸《うな》る。

「超うめえ。人参が滅茶苦茶《めちゃくちゃ》甘いし、青臭さが完璧《かんぺき》に消えてる。歯ごたえも、ないわけじゃないんだけど……凄く優しいね。これ、茹《ゆ》でてから炒《いた》めた？」

海里の推測に、鯖《さば》の切り身に一切れずつ飾り包丁を入れながら、夏神はへへっと得意げな笑みを浮かべた。

「いんや、生から死ぬほどじっくり炒めた」

「へええ！　砂糖は？」

「入れてへん。人参の甘さだけや」

「すっげえな。人参とごまだけでこの味かよ。李英も味、感じるんだろ？」

相変わらずわざわざ腹に向かって話しかける海里に、李英も控えめに感想を述べる。

『身体をお借りしてるせいか、先輩と一緒に感じてるんです。僕が食べてるわけじゃないのに、食感も味もわかるっていう……。他の感覚もそうなんですよ。お風呂《ふろ》に入った感じとか、枕のふかふかとか。何だかとても不思議ですけど』

それを聞いて、夏神はギョロ目を瞠《みは》った。

「おもろいもんやなあ。なんや、どう言うたらええんや。サイバー？」

海里はクスリと笑う。

「言いたいことはわかる気がする。近未来だよなあ。マジでSFって感じ。で、李英も旨い？」

『美味《おい》しいです。人参を炒めただけで、こんなに甘くなるなんて。あと、細さが歯に心地好《ここちよ》いですね。これより細いと頼りないし、太いと主張し過ぎる気がします』

「おい！　ロイドといいお前といい、俺より上手《うま》い食レポすんな！」

海里は小さく地団駄を踏んで抗議したが、夏神はやんわりそれをいなした。

「お前の食レポが、いつになっても上達せんのやろが。精進せえ」

「うっ。ド正論いただきました～」

容赦のない、それでも気心が知れているからこその軽快なやりとりに、李英は楽しそうに笑い、それから真剣な口調でこう言った。

『昨夜、先輩がお夜食に食べていた丼も、とっても美味しそうでした』

「ん？　美味しそう？　あれは、味とか感じられなかったのか？」

『まだ、先輩の身体にお邪魔したばかりだったので、まだ今みたいにしっくり来ていなくて。でも、匂いとか、先輩が喜んでる感じとかは凄く伝わってきました。羨《うらや》ましかったです』

最後のひと言に控えめに感情を込める李英に、夏神は大きな口を開けて笑った。

「よっしゃ、また作ったろ。今は、イガが食うたら、里中君も食うたことになるんやろ?」

海里も、その申し出には目を輝かせた。

「あっ、それは俺も嬉《うれ》しい。昨夜の『夏神スペシャル木の葉丼』、異様に旨かった。木の葉って、かまぼこ刻んだやつのことなんだな。やっぱ、かまぼこが葉っぱみたいだから? あと、なんかすげえつゆだく……ってのとは別に、とじてる卵が凄《すご》くジューシーで、こくがあって、食べ応《ごた》えがあったんだ。ホントに旨かった。あれ、なんで?」

夏神は、広い肩を照れ臭そうに揺すった。

「そやろ。ちょっとした秘密があんねや」

「だからそれは何? 夢中でがふがふ食べちゃったから、秘密になんて気付く余裕なかったよ」

迫る海里を、夏神はやんわりはぐらかした。

「ま、それは自分の舌でつきとめぇ。何でも教えてもろとったら、かえって身につかんやろ。たまにはそのええ形の頭、フルに使《つこ》うたれ」

「じゃあ、また作って! 単純にもっぺん食べたいし、次は絶対、夏神スペシャルの秘密を解き明かしてみせる!」

「望むところや」

鷹揚《おうよう》に請け合い、夏神は壁の時計をチラとみた。

「そろそろ病院に向かったほうがええん違うか？　二時半やで。確か、集中治療室の面会、三時から言うとったやろ」

海里も時刻を確かめて、慌てて手を洗った。

「まあ、俺たちは身内じゃないからお見舞いはできないんだけど、集中治療室に入れる李英のお父さんから話を聞きたいしね。主治医の先生の話も聞けるかもだし。夏神さん、あとはひとりで大丈夫？　今日もロイドを連れていくから……」

心配する海里に、夏神は分厚い胸をこれまた厚い手のひらで叩《たた》いてみせた。

「誰に言うとんねん。もともとは、この店まるっとひとりで切り盛りしとったんやで？」

「それもそうか。じゃ、お言葉に甘えて行かせてもらうね。できるだけ早く帰るから」

「では、わたしも失礼を致します」

『お二人をお借りします！』

海里とロイドだけでなく、海里の中から李英も夏神に挨拶《あいさつ》をする。

エプロンを脱ぎ捨て、海里がジャケットに袖《そで》を通したタイミングで、ロイドは眼鏡に戻り、主のジャケットの胸ポケットに収まる。

「じゃ、行ってきます」

ひとりだが、実質ふたりと眼鏡、という何とも奇妙な状態で外出する海里を見送り、夏神は静かになった店内でぽつりと独りごちた。

「なんや、おかしなことになっとるなあ」

海里やロイドに比べれば霊感がいささか足りないのか、店を訪れる幽霊の気配を感じこそすれ、姿を見ることができないことも多々ある夏神なのだが、昨夜、李英の姿は、半ば透けてはいてもしっかり見ることができた。

今日も、頭の中にスピーカーを設置されたような不思議な聞こえ方ではあるものの、李英の声をキャッチできている。

海里が身体を李英と分かち合って生活することを、「短期合宿」と言ったのは当の夏神だが、一夜明けて、二人は厨房で本当に息の合った会話をしていた。

(きっと、役者時代、よっぽど同じ経験や気持ちを分かち合ったんやろな。今のあいつらは、まるで頭が二つの蛇みたいなもんや)

身体を他人と分かち合うことを羨ましく思うかと問われれば微妙なところだが、なかなかできない経験ではあると思うし、何より、誰かとそんな風に深い絆《きずな》を結べること自体は、夏神にとってはあまりにも眩《まぶ》しい。

(お前と、あんな風になれたらよかったかもしれん)

夏神は、黙々と鯖の艶《つや》やかな皮に「X」とも「〆《しめ》」ともつかない包丁目を入れる手を止めて、虚空を見た。

お前、と呼びかけたのは、言うまでもなく雪山で死んだ恋人である。

(俺の身体で色んなことを感じたお前は、何ていうやろな。ああいや、むさくるしい男

の身体なんか嫌か。そらそやな）
身勝手な空想に苦笑いで首を振り、夏神は再び手を動かし始める。
しかしその口からは、心の底にある願いが、静かに流れ出た。
「そやけど、もっぺんだけでええから、お前と同じもん見て、同じもん食うて、一緒に笑いたいなあ……」

＊　　＊

地域医療の拠点となっているK病院の広いロビーは、いつも外来患者とその付き添いでごった返している。控えめな音量で流されているクラシック音楽など、喧騒《けんそう》でほとんど聞こえない。

しかし、三階病棟に上がり、集中治療室前まで来ると、状況は一変する。

殺風景な通路に人影はほとんどなく、エレベーターから降りるのにも、自然と足音を忍ばせてしまう硬い雰囲気があった。

集中治療室の入り口付近は、広い室内が見渡せるよう、一面がガラス張りになっている。

室内には、ズラリと並ぶベッドと、それを半ば覆い隠すベージュのカーテン、そしてたくさんの医療機器に、足速に歩き回るスタッフの姿が見えた。

「もう面会時間が始まってるけど、お父さん、集中治療室の中かな。お前、ちょっと行って、自分の体の様子を見てくるとかできんの？」

海里が小声で問いかけると、『できる、とは思います』と返事をするなり、李英は海里の身体からすうっと抜け出してきた。

全身が透けているせいで、オーバーサイズのパーカーとジーンズという彼らしい服の向こうに、集中治療室の風景がありありと見える。

『病院におられる間だけでも、御身の傍にいらしては？　ご自分のお体を見るのはつらいかもしれませんが、もしかすると何かの拍子で戻れるやもしれませんよ』

ロイドも眼鏡のままでそんな助言を送る。

『じゃあ……とりあえず見てきます。自分の身体のことだし、スタッフの皆さんに任せっきりっていうのもちょっと』

いかにも責任感の強い李英らしい言葉を残し、彼は集中治療室の入り口に向かった。こちらもガラス張りの自動ドアに向かい、思いきった様子で一歩踏み出すと、何の抵抗もなく、透けた身体はガラスを通り抜ける。

無論、自動ドアは、少しも反応しない。

「フリーパスだな」

『ある意味、便利でございますね』

海里とロイドは、ドキドキしながら李英の背中を見守る。

どうやら、これといって個人的な縁のない医療スタッフには、李英の「生き霊」はまったく見えないらしい。足音などするはずもないのに、見るからに抜き足差し足で歩いていく李英に気付くものは、誰もいないようだ。

やがて彼は、入り口から数えて五番目のベッドに歩み寄った。

例によってカーテンにしっかり隠され、上半身はまったく見えないが、毛布の裾《すそ》から、両足だけがチラッとはみ出している。

「あれが李英のベッドか。あそこにいるんだな」

『そうでございますね。お父上もいらっしゃるのでしょうか』

二人がヒソヒソと会話していると、背後から控えめではあるが快活な声が聞こえた。

「あっ、もしかして、五十嵐……カイリ君では？」

何となくとしか言いようがないのだが、読みはまったく同じにもかかわらず、呼ぶ人の微妙なニュアンスによって、海里は相手に本名で呼ばれているのか、芸名で呼ばれているのか、かなり正確に識別することができる。

この場合は、おそらく芸名のほうだ。

（こんなとこで、芸能界の話題とか勘弁してくれよ）

ギョッとして振り返ると、そこには銀行員のようなかっちりしたスーツ姿の中年男性が立っていた。痩身《そうしん》・撫《な》で肩なので、ジャケットの肩のラインがまるでブルゴーニュワインのボトルのように見える。

その男性の顔に、海里は見覚えがあった。名前も、数秒かかって、頭にポンと浮かび出る。

「もしかして、金得《かなえ》さん⁉」

いささか風変わりなその名字を耳にした男性は、ホッとした様子で海里に歩み寄り、軽く一礼した。

「覚えていてくれてありがとう！　どうも、ご無沙汰《ぶさた》してます。ササクラのマネージャーの金得です」

そう言って慣れた仕草で差し出された名刺を、海里は恐縮しつつ両手で受け取り、「やっぱり」と懐かしそうな顔をした。

李英が出演したササクラサケル演出の舞台で、海里はその男性……金得に会っている。楽屋で、出演者たちの世話を焼き、訪問者たちを役者のもとへ案内し、まさに八面六臂《はちめんろっぴ》の活躍を見せていた有能マネージャーである。

「俺なんかのこと、覚えていてくださったんですね」

海里がそう言うと、金得はハーフリムのソフトな雰囲気の眼鏡をコミカルな仕草で押し上げ、「勿論《もちろん》！」と少し芝居がかった調子で答えた。

「うちのササクラは、里中君と同じくらい、五十嵐君のことも買ってますよ。僕から滅《めっ》多《た》なことは言えないけれど……ササクラは若手の世話を焼くのが大好きなので、あるいは。あるいは、いつか、ねえ」

トラブルを避けるため明言しないものの、どうやらササクラは、李英だけでなく、海里のこともスカウト対象として見ているらしい。

ありがたいことではあるが、今はそうしたことは考えていない海里は、曖昧《あいまい》に笑ってその話題をかわした。

「それより、昨日来てた事務所の方は……」

「ああ、彼は、すぐに身動きの取れなかった僕の代わりに来てくれていたんで、入れ替わりに東京へ帰ってもらいました。で、これからは不肖、金得が、ササクラの代理を務めさせていただきます」

そう言いながら、金得は視線をガラスの向こうへ移した。

どうやら、李英のベッドがどれかは知っているらしい。じっとそちらを見ながら、金得は言った。

「ご家族しかお見舞いが許可されないから、僕も里中君のお顔を見ることができないんだけど、せめてこうして、できるだけ近くに来て、こうやって……」

喋《しゃべ》りながら、金得は男性にしては小さめの両手をギュッと握り締め、ボクサーのファイティングポーズのような構えを見せる。

「こうやって、『頑張れ、頑張れ！』ってね。ササクラの代わりに伝えてるんだ。ちょっとバカみたいですかね」

海里よりだいぶ年上の金得なので、タレントに対するリスペクトと、若者に対する親しみが交錯するのだろう。金得の話には、敬語とソフトなタメ口が器用に入り交じる。海里のほうは、あくまでも尊敬するササクラの代理人であり、李英がお世話になる人だという意識から、礼儀正しく言葉を返した。

「いいえ！　きっと李英も嬉《うれ》しいと思います。そんな風に励ましていただけて」

金得はホッとした様子で頷《うなず》き、拳《こぶし》を下ろした。

「伝わってるといいんだけどね。僕の気持ちだけじゃなく、ササクラの想いも。……あ、こんなとこで立ち話はめちゃくちゃ迷惑だね。すぐそこによさげな場所があったから、移動しましょうか」

「あ……は、はい」

自分から抜け出した李英のことは気になるが、すぐ近くにいれば気付いてくれるだろう。そう判断して、海里は李英を集中治療室に残し、金得についていった。

なるほど、集中治療室からほど近い、検査室がズラリと並ぶエリアの端っこに、おそらくは検査を待つ人々のためのベンチがいくつか設置されていた。

もはや、検査受付時間は過ぎたのか、通り掛かるのは、淡い水色の制服を着た病院スタッフばかりだ。

海里にベンチを勧めると、金得は少し距離を空けて隣に腰を下ろした。そして、改めて海里に頭を下げる。

「ササクラから、里中君を発見してくれて、本当にありがとうと」

「あ、いえ！　李英は友達なんで、ササクラさんにお礼を言われるようなことじゃないです」

「いえいえ、正式発表はまだとはいえ、里中君は、もう我が事務所の大切な役者ですからね。彼が全快の折には、ご家族や五十嵐君もまじえて、盛大に快気祝いをと、そう言っていました」

全快、という言葉を、海里は苦く嚙《か》みしめる。

海里の表情から、そのあたりのことを悟ったのだろう。金得も少しテンションを落とした。

「さっき、里中君のお父さんにご挨拶《あいさつ》をして、主治医の先生、それに先に来ていたうちのスタッフを交えて、今の状態と、この先の治療方針についても聞いてきました。だいぶ、難しいところがあるようで」

「……はい」

海里は、こっくりと頷いた。今は、自分の中に李英がいないことが幸いに感じられる。

「ササクラは今、撮影中ですから、夜にでも、報告を入れるつもりです。しかし、ああいう性格ですから、たとえ後遺症が残ったとしても、里中君を放り出すような男ではありません。そこは心配しないでほしい。お父さんには伝えましたが、本人にもそう言ってやりたいなあ。少しは安心してくれると思うんだけど！」

最後のひと言には、痛いほど実感がこもっている。

しかし、当の李英は、自分が元の状態に戻れる可能性が薄く、役者として大きなハンディを負ってしまうであろうことに、心底絶望している。

金得のそんな言葉が果たして響くだろうか、という悲しい疑問を、海里はグッと飲み下した。

代わりに、ササクラのことを訊《たず》ねてみる。

「ササクラさん、心配してくれてますよね？」

海里が問うと、金得はこれ以上ないほど深く頷いた。

「五十嵐君から連絡を受けたあと、一晩じゅう、動物園の熊みたいになってましたよ。どうにかして駆けつけられないかって。朝からの撮影に差し障るから寝てくださいって言っても、まんじりともしませんでしたね」

「東北で映画の撮影中、でしたよね？」

「ええ。ああいう性格ですから、メインの若い役者たちにとても慕われて、頼られてましてね。マネージャーの僕が言うのも面映《おもは》ゆいですが、ササクラが、現場の要石みたいな存在なんです。とても現場を離れることはできませんよ」

ササクラサケルの、気障《きざ》だがまったく憎めない、むしろたまらなく惹《ひ》きつけられてしまう人柄を思い出し、海里もまた頷き返す。

「わかります。現場にササクラさんがいるだけで、雰囲気がビシッと決まりますよね」

「ええ、ビシッと、でも陽気に！　不思議な魅力のある人なんで。僕も彼に釣り上げられたくちなんですよ」

意外な話に、海里は興味を惹かれて、詳しく聞きたいと目で催促してしまった。すると金得は、自分の七三分けの頭を指さし、こう言った。

「何となくわかるでしょ。僕ね、もとは銀行員なんです」

「……『金得』さんで銀行員って！　出来すぎじゃないですか？」

金得は小さく笑う。

「そうでしょうそうでしょう。それが入社試験に合格した決め手だったんじゃないかと思いますし、ササクラに気に入られたいちばんの理由でもありますね」

「ササクラさんも？」

「ええ。彼が事務所立ち上げの折、銀行から担当者として僕が伺ったんですが、名刺を差し出すなり馬鹿ウケで」

「……想像できます」

細身をのけぞらせて豪快に笑うササクラの声が聞こえた気がして、海里の顔に笑みが浮かぶ。金得も懐かしそうに微笑んだ。

「お前、うちの事務所に来い。こんな目出《めで》たい名前の奴がスタッフにいたら、絶対事務所は繁栄するぞ！　そんな強引な誘いに、つい乗ってしまいました。人生最大の大ばくちですよ」

「それで、マネージャーに？」

「ええ。最初は経理担当だと思ってたんですけど、ササクラが、『金で得すると書いて、金得！　って紹介したいじゃねえか』って言い張って」

「そんな理由でマネージャーに！」

「ええ、そんな理由で、慣れないマネージャー業に邁進《まいしん》する羽目になりました。本当にあの人は、他人の運命をどんどん変えてしまう」

金得が楽しげにそう言ったとき、海里はハッとした。

李英の「生き霊」が、海里のもとへ近づいてきたのである。

（あ、ヤバ）

海里は慌てて、こちらへ来るなとブロックサインを出そうとしたが、李英のほうは、金得に気付いて音も立てずに走ってくる。

（生き霊も走るのか……つか、そんなこと言ってる場合じゃなくて！　この話の流れはヤバい）

李英を止められないなら、話題を変えよう。

海里のそんな決心も虚《むな》しく、金得はしみじみした顔でこう言った。

「里中君を自分の事務所に引っ張ってきたのも、そうですよ。心からよかれと思っているし、里中君を盛り立てるために努力を惜しまない男です。……たとえ、芝居ができなくなったって、重い後遺症が残ったって、ササクラは里中君を見捨てたりはしませんよ、きっと」

（あああ！）

海里は心の中で頭を抱えた。

金得を見つけたときは嬉しそうだった李英だが、今の一言のせいで、その表情は一変している。眼差《まなざ》しの昏《くら》さが、海里の胸を鋭く刺した。

「あ、えっと、その！」

海里は言葉に詰まり、どうにか話を逸《そ》らそうとする。

だが、李英の存在を感じ取れないらしき金得は、「ああそうだ」と手を打った。

「里中君のお父さんから、君に最新の病状を話しておいてほしいって言われたんだった。といっても、昨日から大きな動きはないんだけど、週が明けたから、色々と検査も順調に進んでいてね。やっぱり、心臓の機能がヤバいくらい落ちてるって」

「それはあの、ちょっ……あ？」

李英の気持ちを慮《おもんぱか》り、今はその話をやめさせようとした海里だが、近づいてきた李英は、海里の体内に戻るのではなく、海里の前にしゃがみこみ、腿《もも》の上に置かれた彼の手に、自分の半透明の手をそっと重ねてきた。

李英の手には、感触も温《ぬく》もりもない。それでも、金得の話を聞きたい、自分の状態を正確に把握したいという彼の切実な思いが、手のひらを通じて、海里の心に流れ込んでくるようだった。

「五十嵐君？」

訝《いぶか》しげな金得に、海里は慌ててかぶりを振った。

「いえ、聞いてます。それで？」

「なんでも、炎症を起こした心臓の弁に、小さなつぶつぶが出来てしまって、それが血液の流れに乗って、色んなところで細い血管を詰めてしまうかもしれないんだって」

「……はい。その話、昨日、聞きました」

「詰まったところの組織は、酸欠で死んじゃうらしくてね。それが脳とか肺とかだと、命にかかわる状態になるとかで、ある程度、全身状態が持ち直したら、なるべく早く手術を行うって方針が決定したそうです」

「なる、ほど。あの、その手術って、やっぱり弁の修繕か、人工弁への交換、ですか？」

「うん。ただ、手術にこぎつけられるかどうか微妙、ってくらい状態が悪いみたいで、どうにもこうにも。ここ数日がヤマって言われましたよ」

海里の手の上に重ねられた李英の手。その指先が、細かく震えている。

海里は思わず、もう一方の手を、実体のない李英の手に重ねた。

金得の目には、何とも奇妙な仕草に映るだろうが、構うものか。海里はやけっぱちの心境で、訝しげな金得の視線をはねのけた。

「でも、そう言われても僕らにできることは何もないんですよね。祈るだけ。里中君のお父さんも、放っておけない用事があるからっていったん東京に戻られました。仕事のこととか、色々あるでしょうね。できるだけ早く戻るって仰《おつしや》ってましたけど」

海里はそこでふと胸に湧いた疑問を口にしてみた。

「代わりに、李英のお母さんが来たりはしないんですかね」

金得は、わからないというように首を捻《ひね》る。

「そういえば、お母さんの話は出なかったなあ。ご体調でも悪いんですかね」

「そ……！」

そうですか、と相づちを打ちかけて、海里は絶句する。

李英が、これまで見たことがないような厳しい面持ちで、海里の唇に自分の人差し指を押し当ててきたからだ。

たとえ指自体を感じられなくても、視線の圧は十分に伝わる。

（その話はすんなってことか？）

海里が目で問うと、李英も目でそうだと頷《うなず》く。

よくわからないが、今の李英にとっては、母親の話は禁忌であるらしい。

（李英のお母さん、すげえ朗らかで、李英のこと大好きなんだよな。俺にも声かけてくれたもんな、李英のお兄ちゃんになってくれてありがとう！　とか言われた記憶がある）

ミュージカル時代、よく舞台を見に来ていた李英の両親はとても仲睦《なかむつ》まじく見えたし、李英との関係も良好そのものだった。

いったいその後、何があったというのか。

新たな火種の存在を感じて、海里の胸はギュッと苦しくなる。そんな彼の唇から指を離し、李英はペコリと頭を下げると、やはり片手を海里の胸元に伸ばし、次いで全身でもたれかかるようにして、海里の体内に入ってきた。

皮膚が内側からぞわぞわっとするような感覚に一瞬だけ襲われ、海里は小さく身震いする。金得が、そんな彼の顔を心配そうに覗《のぞ》き込んだ。

「五十嵐君？　大丈夫？」

「あ……す、すいません。大丈夫です。それより金得さんはずっとこっちに？　ササクラさんを放っておいていいんですか？」

金得は、笑顔で頷いた。

「ササクラの勅命で、僕がここにいるもので。何の役にも立たないでしょうが、お父さんが戻ってくるまで、僕が病院との連絡係を務めます。勿論《もちろん》、何かあったら君にも連絡を入れるので、電話番号の交換を……」

「あっ、それは是非とも！　よろしくお願い致します！」

自分の中にいる李英のことを案じつつ、海里は大急ぎでスマートフォンをバッグから引っ張り出した……。

金得と別れ、海里がＫ病院を出て帰途に就いたのは、午後四時過ぎだった。

ＪＲ芦屋駅から徒歩で「ばんめし屋」へと向かう頃には、とっぷり日が暮れて、辺りは暗くなってしまっていた。

本来ならば、開店前のいちばん忙しいときに間に合うのだから、まっすぐ帰って夏神を手伝わなくてはならない。

だが、海里の中から、李英が小さな声を上げた。

『先輩、ごめんなさい。でも、少しだけ』

皆まで聞かなくても、李英が自分と話したがっていることが、海里にはすぐに理解できた。

金得と話しているときは、珍しく一言の茶々も入れてこず、帰りも沈黙を守っていたロイドも、『海里様、どうか』と言葉を添える。

「うん、わかってる。夏神さんも、きっと許してくれる。けど、どこに……」

海里は逡巡《しゅんじゅん》した。

もはや店のすぐ近くまで戻ってきている。このまま店の前を通り過ぎ、阪神芦屋駅前まで行けば、道沿いに飲食店は何軒もある。

しかし、話をするといっても、その気になれば人間の姿になれるロイドはともかく、李英は「生き霊」モードである。

多くの人には見えないので、海里たちは普通に会話をしているつもりでも、何やら奇妙な光景に映ってしまうだろう。

ましてや、うっかり霊感があって李英の姿が見える人たちには、彼の存在は恐怖でしかないはずだ。

（どうすっかな。こう暗いと、芦屋川の河川敷ってのもちょっと躊躇《ためら》われるな）

そんな彼がふと横を見ると、立派な建物が目に入った。

これまで幾度となく前を通り過ぎたことはあるが、一度も中に入ったことのない、「カトリック芦屋教会」の聖堂である。

ステンドグラスと高い尖塔《せんとう》が印象的な、美しい建物だ。

階段を上ったところにある入り口の扉は開かれ、中から温かそうな灯《あか》りが見えた。

（教会か。信者でなくても、誰でも入っていいんだって、夏神さんが言ってたな）

海里たちと出会う前、ひとりぼっちで「ばんめし屋」を経営していた夏神は、酷《ひど》く心が塞《ふさ》ぐときに幾度か教会に行き、聖堂のベンチでただ座っていたらしい。

「静かな中で座ってるとな、気持ちがすーっと落ちつくんや。あれはええ建物やで」

そんな夏神の声が、耳の奥に甦《よみがえ》る。

不信心者の海里とて、教会の中で騒いではいけないことくらいは常識として知っている。

だが、もし先客がいなければ、隅っこでごく静かに話すことは許されるのではないか。

他にこの微妙すぎる「寄り道」に適した場所も思い当たらないので、海里は思いきって、コンクリート製の階段を上ってみた。

白い石造りの建物に不思議と調和する、ペパーミントグリーンに塗られた観音開きの扉は、半分だけ開かれていた。

「……お邪魔、します」

小声で挨拶《あいさつ》をして聖堂内に入るなり、海里は「うわ」と微《かす》かな声を上げて足を止めた。

ゴシック調とでも言うのだろうか。建物の外観は極めて重厚だが、聖堂の中は、気抜けするほどシンプルな設《しつら》えだ。

真っ白な壁、かまぼこのようなシルエットのやはり白くて驚くほど高い天井、それらと鮮やかなコントラストを成す、赤いカーペット。

真ん中の通路を挟んでズラリと並べられたベンチは濃い褐色で、祭壇の向こうには十字架に架けられたイエス・キリストの大きな像が見えた。

装飾と呼べるものは、天井から下がる大きなシャンデリアくらいだろうか。

質素であり、清潔感があり、厳かでありながらふっと心が緩む、不思議な空間である。

幸い、聖堂の中には、信徒や教会関係者とおぼしき人の姿はなかった。

「少しだけ、いさせてください」

真正面におわすキリスト像に向かって深々と頭を下げてから、海里はいちばん後ろのベンチに腰を下ろした。

すぐに、隣にいつものように人間の姿になったロイドが、反対側の隣に、海里から抜け出してきた李英が透けた状態でちょんと座る。

海里は真正面を向いたまま口を開いた。

「ごめんな、つらい話をまた聞かせちゃって」

ほとんど声を出していないが、恐ろしいほど静かな聖堂内なので、両側にいる二人には十分に聞こえる。

『いえ。自分のことなので』

李英もまた、祭壇のほうをぼんやり見ながら応じた。

『自分の身体を見に行ってきました。酸素マスクをつけられて、色んな機械に繋《つな》がれて、お薬を点滴されて……。色んな人が一生懸命に、僕を生かそうとしてくれていました。僕のほうは、意地でも生きたい、助かりたいとは思えずにいるのに。申し訳なかったです』

「病院の方々は、患者さんの命を守るのがお仕事でいらっしゃいます。申し訳なく思われる必要はないかと」

すぐにそう取りなしたのは、ロイドだった。だが、海里がそれに同意するより早く、李英は力なく言った。

『何の拍子か、僕の右目から涙が一筋流れていて、それに気付いた看護師さんが、「つらいね、頑張ろうね」って言いながら、さっと拭《ふ》いてくださったんです。それを見て、たまらない気持ちになりました。頑張る踏ん切りがつかない……自分の身体に戻ることすらできない自分が情けなくて』

聞いている海里も、息苦しくなるような話である。李英を慰める言葉が咄嗟《とっさ》に見つけられず、海里はただ、「やっぱ、身体には戻れなかったか」と訊《たず》ねた。

李英は、ようやく海里のほうを見て、こっくりと頷《うなず》く。

「そっか……。でも、李英の魂が身体から抜け出して、一日しか経ってない。まだセーフだろ、ロイド？」

海里の希望を込めた問いかけに、ロイドは曖昧《あいまい》に頷く。

「遠くからではございますが、おそらく。ただ、急変の可能性は常にあると、金得様が主治医の先生のお言葉を伝えてくださいましたね」

「……それだよな。油断はできねえか。とはいえ、そこは李英本体の頑張りと、病院の人たちを信じるしかないよな」

「そうでございますね。あとは、里中様のお気持ちが」

前向きになれば、と言葉にするのはやめて、ロイドは海里越しに李英の憂鬱《ゆううつ》そうな横顔を見る。

「里中様、先ほど、お母上のお話になった折、何やら……」

李英を傷つけることを恐れ、もっとも気になっていることを切りだしかねている海里の代わりに、ロイドがサラリと水を向ける。

「お、おい」

海里はサッと顔色を変えたが、李英は目を伏せた憂い顔で、海里に詫《わ》びた。

『さっきは失礼な遮り方をしてすみませんでした、先輩。心の準備が、まだできてなかったんです』

「心の準備？」

『母のことを話すための、心の準備です』

そこで言葉を切って、李英は視線を前に向けた。

聖堂の祭壇両脇の壁には棚が彫りこまれ、そこには聖母マリアとおぼしき像が安置されている。

それを見つめたままで、李英は静かに言った。

『父が東京に戻ったのは、仕事のこともあるでしょうけど、母のためでもあります。父が長く家を空けると、母がダメなので』

「もしかして、お母さん、ご病気か何かなのか？」

おずおずと問いかけた海里に、李英はしばらく沈黙し、それから意を決したようにぽつりと呟《つぶや》いた。

『若年性認知症』

聞き慣れない病名に、海里はしばらく考えていたが、次第にその整った顔に、何とも言えない苦しげな表情が浮かび始めた。

「それってつまり、若い人がかかる……認知症ってことか？」

李英は、黙って頷く。

「いつから？」

『最初に父が異状に気付いたのは、三年前だったそうです。母はとても料理上手なのに、焦がしたり、調味料を入れ忘れたり、お粥《かゆ》みたいなごはんを炊いちゃったり、同じ料理を一週間作り続けたり……それが最初だったと聞きました。僕は家を出ていたので、「疲れてるんじゃない？」なんて軽く考えてしまっていて』

「でも、違ったんだ？」

『そのうち、友達と外出の約束をしたのを忘れたり、父と待ち合わせた場所がわからなくなったり……とうとう、職場にいた父に、母から泣きながら電話がかかってきたそうです。「いつものスーパーに行くつもりだったのに、自分がどこにいるのかわからなくなった」って。それでさすがにおかしすぎると思った父が母を病院に連れていって、病名がわかったんです』

　あまりにも残酷な告白に、海里はおろか、ロイドすらも言葉を失い、ただ李英の顔を凝視することしかできない。

　むしろ当の李英は、平板な調子で話を続けた。

『すぐに治療が始まったんですけど、進行がとても速くて。同居している父のことはさすがに覚えていても、家を離れた僕の記憶は、どんどん欠けていきました。会うたびに、僕との思い出を母は忘れていきました。何より嫌なのは、症状に波があることなんです』

「波？」

『母が「おかえりなさい」って笑顔で迎えてくれて、ああ、まだ覚えてくれてるって安心した五分後、「泥棒が入ってきた」って叫ばれる気分、わかります？　……わかんないですよね』

李英は嘆息して、こみ上げる感情を抑えるように唇を嚙《か》んだ。

実体がないばかりに、李英の肩を抱いてやれないことを、海里はこのときほど恨めしく思ったことはない。せめてもと、さっきのように李英の感触も熱もない手に自分の手のひらを軽く載せると、李英は感謝を小さな微笑みで伝えてきた。

『父には申し訳ないけれど、少しずつ、実家から足が遠のきました。勿論《もちろん》、父と連絡を取り合ってはいますが、父も、無理して帰らなくていいと言ってくれました。むしろ僕が帰ると、母が怯《おび》えたり、混乱したりして、あとが大変なんだそうです』

「……そっか。じゃあ、今は？」

どうにか質問を口にした海里に、李英は短く答えた。

『今は父が自宅で、ヘルパーさんに助けてもらって介護をしています。でも、早晩手に負えなくなるだろうから、そのときは施設に入れると聞いています。……母のために何もしていない僕には泣く資格なんかないんですけど、母のことを思うと、それだけで胸が詰まって、泣きたくなるんです』

「当たり前だ。そんなの俺だって泣く。資格なんか、あるに決まってんだろ。親のことだぞ」

もはやそれしか言えず、海里は、自分のシャツの胸元をポンと叩《たた》いた。

李英は伏せていた視線を上げ、不思議そうに海里を見る。

『……先輩？』

「俺、こういうとき、どう慰めてやりゃいいのか全然わかんねえんだよ」

海里は悔しそうにそう言って、なおも自分の胸をバシバシと叩く。

「わかんねえから、今、お前のこと滅茶苦茶《めちゃくちゃ》ハグして、頭とか死ぬほど撫《な》でてやりたいんだけど、それもできないだろ。だから、お前から来てくれよ！」

『……え、えっと』

「俺ん中に飛び込んで、ひっくり返って虫みたいに泣き喚《わめ》いてくれよ。俺の身体の中なら、誰にも見えないから気兼ねも遠慮も要らないだろ？　俺はまあ、内臓がまたウニャッてなるかもしれないけど、そんなの余裕で我慢するから！　できるから！」

『先輩……』

「ホントは生身のお前を思いっきり泣かせてやりたいけど、生き霊だって泣いていい。とりあえず、今、泣いとけよ。それで少しでもスッキリできたら、儲《もう》けもんだろ。な？　恥ずかしいってんなら、俺も一緒に泣くよ。お前のお母さん、昔、ミュージカルの公演後に楽屋に来て、俺がお前の兄貴分でいること、凄《すご》く喜んでくれたんだ。握手してくれた温かい柔らかい手、覚えてるよ。嬉《うれ》しかったよ」

言い終えないうちに、海里の両目から大粒の涙がボロボロと零《こぼ》れ出す。

海里の泣き顔を見た瞬間、それまで冷静を保っていた李英の童顔がぐじゃぐじゃに歪《ゆが》む。

李英が無言で海里の身体へ飛び込んでいくのを、そして、海里が自分の身体を抱き締めて静かに嗚咽《おえつ》するのを、ロイドは痛ましげに見守っていた……。

五章　再びの挑戦

『本当に夜から朝まで働くんですね、皆さん』

火曜日の早朝、「ばんめし屋」の営業を終え、片付けを済ませて自室に戻るなり聞こえた李英の声に、海里はへへっと笑ってカーゴパンツの上から腹を軽く叩《たた》いた。

「そういう店だからな。つか、お前、夜通し静かだったから、てっきり俺ん中で寝てんのかと思ってた」

『お仕事の邪魔しちゃいけないと思って、大人しくしてたんです。それに、深夜に定食屋に来るのってどんな人たちだろうって……凄く興味があったから』

「俺の目越しに観察してたってわけか。面白かっただろ」

『面白かったっていうか、とっても演技の勉強になりまし……あ』

自分の言葉に呆《あき》れた様子で、李英は口ごもり、それからすぐに自嘲《じちょう》交じりに言葉を継いだ。

『もう役者は無理かもなのに、それどころか、下手すれば死ぬかもしれない現状なのに、演技の勉強なんて、可笑《おか》しいですよね』

「可笑しいなんて思うわけないだろ！　俺は嬉しかったぞ、今の」

海里は慌てて言い返す。

『嬉しい、ですか？』

「何だかんだ言ったって、お前がまだちゃんと役者だってわかったからだよ。お前は色々悪く考え過ぎだし、諦《あきら》めが良すぎ！　自分の心臓を信じろ。俺は信じる！」

疲れた顔で、それでも一生懸命に励ましの言葉を捻《ひね》り出す海里に、李英はどこか恥ずかしそうに応《こた》えた。

『いいんですかね、僕。死にかけでも、まだ役者のつもりでいて』

「当たり前だろ！」

海里が思わず尖《とが》った声を出したそのとき、畳の上に放り出してあったスマートフォンが、着信を告げた。

「こんな朝早くに誰だよ」

まさか病院からかとドギマギしながらスマートフォンを手にした海里は、液晶画面に表示された「ササクラサケルさん」の文字にギョッとした。

尊敬する大先輩からの電話だと気付いた瞬間、ごく自然に畳の上に正座する。

そのとき、遅れて部屋に入ってきたロイドが、海里が耳に当てたスマートフォンに気づき、おやという顔をした。海里の姿勢から大切な話だと悟ったのか、ロイドは古式ゆかしきOKサインを示すなり、スッと姿を消す。

次の瞬間、いつもの眼鏡スタンドに、セルロイド製の古びた眼鏡が現れた。

邪魔をしないよう気遣いつつ、眼鏡の姿でバッチリ聞き耳を立ててはいたらしい。

海里は軽く手を振って「それでいい」という合図を送ると、通話開始のアイコンに触れた。

『あ、俺。ササクラだけど』

「お疲れ様です！」

自分の声が滑稽《こっけい》なほど上擦っているのがわかる。まだ暖房をつけたばかりなので、室内はむしろ寒いはずなのに、頬が火照る気すらする。

海里は気持ちを落ちつかせようと、空いている右手で自分の顔をヒラヒラと扇《あお》いだ。

『ごめんな、早くに。確かディッシー君は朝まで定食屋で働いてるって言ってたろ？　だから、大丈夫だと思った。俺も今、夜どおしかかった撮影が終わったとこなんだ』

「徹夜ですか？　マジでお疲れ様です！」

『ちょっとお疲れかな～。ま、若手につきあうのもジジイの仕事だから、やるしかねえのよ。それよかディッシー君に、俺から報告することがあってよ』

疲れたと言いつつ、ササクラの声には海里の背中が自然とピンと伸びるような張りがある。しかし、初めて彼の口調に僅《わず》かに鈍いものを感じて、海里は首を傾げた。

「ササクラさんが、俺に報告、ですか？　あっ、まさかそれって、あいつとの契約を反《ほ》古《ご》にするとか、そんな」

海里の顔に、さっと緊張が走る。だが、ササクラはむしろ怒ったような口調で即座に否定してきた。

『あー、違う違う。そうじゃねえ。そんなことをする男だと思うか、俺が』

「いえっ、そんなことは！　でも……じゃあ、何です？」

問いかけつつ、海里は思わず自分の腹に片手を当てた。自分の中で、自分の耳を通して、李英もまた心をざわつかせていることが感じられたからだ。

ササクラはひとつ咳払《せきばら》いすると、彼自身もいささか言いにくそうにこう切り出した。

『昨日、金得がそっちへ行って、主治医のセンセイから色々詳しく聞いてきたろ。その情報を踏まえて、昨日のうちに俺の独断で決めた。あいつが年明けから稽古《けいこ》に入るはずだった舞台の仕事、辞退した』

（ヤバい。これ、今の李英には絶対聞かせたくねえ話じゃないか！　これ以上、あいつに追い打ちかけてどうすんだよ）

海里は焦ったが、後の祭りである。ぐわり、と内臓が大きく捩《ねじ》れるような不快感と共に、眩暈《めまい》がした。それが、李英の受けたショックの大きさそのものだということは、疑うまでもない。

「ちょ、ササクラさん、それは」

李英が自分の内にいることを伝えるわけにはいかないが、かといって、李英をとことんまで打ちのめすような話を、このまま聞き続けたくもない。

海里はどうにかササクラを制止しようとしたが、ササクラのほうは、自分の決断に海里が抗議していると解釈したらしい。苦い声音で話し続けた。

『俺だって、そんなこたぁしたくなかった。けどよ、主治医の話じゃ、手術が上手《うま》くいっても、リハビリにはそれなりに時間がかかる。あいつがもらった役は、舞台の端から端まで走り回るような活発なキャラだってことを考えりゃ、一月の稽古どころか、三月の公演に間に合うとも思えねえ。だったら、一日でも早く降りたほうが、李英にも舞台の制作陣にもダメージが小さくて済む。わかるだろ、お前さんなら』

「そ、それは……はい。でも、あの」

身体を分かち合っていると、李英の精神的な動揺が海里にも伝染するようだ。心臓がバクバクし始め、吐き気すら覚える。

とにかくササクラにその話をやめさせたかった海里だが、気分が悪過ぎて言葉が上手く思い浮かばない。その隙に、ササクラはやや早口に話を進めた。

『お前さんからあいつに伝えろって言ってるんじゃないぜ？　これは、俺なりの仁義の通し方だ。李英の意識がない今、最初に伝えるべきは兄貴分のお前さんだろう？』

「あ……いえ、その」

『李英の奴には、俺が直接伝える。ま、今は意識がないんだし、目を覚ましても、伝えるタイミングって奴があるだろうが、すべて俺が決めたことだ。俺が話す。そこは安心してくれよな。お前さんは十分よくやってくれてる。感謝してもしきれねえ』

（安心も何も、もう伝わっちゃってるっつの）

もはや気分が悪すぎて正座を保っていられず、立てた膝小僧《ひざこぞう》に額を伏せてしまった海里は、ササクラが通話を終えるまで、とにかく曖昧《あいまい》な相づちを打ち続けることしかできなかった。

やがて沈黙したスマートフォンを畳の上に放り投げ、海里はいかにもおそるおそる顔を上げた。

内臓が捻《ねじ》れて躍るような不快感は消えている。だが、それがかえって不気味だ。腹の中にいる弟分は、一言も発しない。

「おい、李英。あの……あのな」

海里はおずおずと、自分の腹に向かって話しかけた。

ササクラと海里の会話を聞いていたロイドも、人間の姿に戻り、そっと海里の隣に腰を下ろす。

「里中様、どうぞお気を落とされませんよう、といっても、難しいかもしれませんが」

「難しいどころか、無理だよそんなの」

ロイドの呼びかけに、まるで我がことのように腹立たしげに海里は口を挟む。

だが、肝腎《かんじん》の李英の言葉が、二人には聞こえてこない。待てど暮らせど、李英は反応しなかった。

海里は耳をそばだて、自分の体内に意識を集中したが、さっきまであれほど荒れ狂っていた李英の気配を感じとることができない。

「李英。おい、返事くらいはしてくれよ。いるんだよな？　なあ？」

最後の問いかけは、李英にというより、傍らに控えるロイドに向けられたものだ。ロイドは静かに頷《うなず》き、コホンと咳払いして、彼にしては珍しくやや強い口調でこう言った。

「里中様。我が主《あるじ》の御身は、かくれんぼのための場所ではございません。里中様の魂を、少しでもお健やかに長く保つための揺りかごのようなもの。我が主の庇護《ひご》をもはやお望みにならず、今すぐにでも消えてしまいたいとお望みなら、『合宿』は終わりにして、お出ましなさいませ」

「お、おい、ロイド。お前、何を」

慌てる海里を、ロイドは視線で制止する。そのいつもは柔和な顔が、今は酷《ひど》く強張《こわば》っている。一瞥《いちべつ》しただけで、強い緊張が伝わってくる表情だ。

（もしかして、今のは腹が立ったからついキレたんじゃないのか。李英を煽《あお》って、リアクションさせようとしたんだな。らしくないことを……って、李英のためっていうより、俺のためか）

弟分のつらさを誰よりもわかっているからこそ、応答を拒まれても叱責《しっせき》することがどうしてもできない海里に代わり、敢《あ》えて厳しい言葉を投げかけたロイドの優しさに、海里は胸を打たれた。

しかし、当の李英にはそんなことはわからない。

しばしの沈黙の後、音もなくゆっくりと海里の身体から抜け出して来た李英の「生き霊」は、海里とロイド、ふたりに向かい合って、さっきの海里のように正座した。

もとより半ば透けているので顔色などはわからないが、表情を一瞥しただけで、海里には、李英の絶望が手に取るようにわかった。

「お、おい。今のは言葉の綾《あや》だって。消えるとか言うなよ。絶対言うなよ」

海里は慌てて李英を自分の身体に再び招き入れようと手を振ったが、李英は深く項垂《うなだ》れ、二人の顔を見ようともせずに弱々しく言った。

『すみません。自分でもうすうすわかってたんです。自分の身体ですから。年明けの舞台稽古、無理だろうなって。だけど、ササクラさんの口から言われたら、物凄《ものすご》くショックで。なんか……一歩ずつ登り続けて、やっと山のてっぺんが見えたと思ったら、足元の岩が崩れて、登り始めたところより遥《はる》か下まで一気に転げ落ちたみたいな』

訥訥《とつとつ》と訴える李英に、海里は深く頷く。

「わかる。俺、それ知ってる」

だが李英は顔を上げ、キッと海里を睨《にら》みつけた。

『先輩は知りません！』

「えっ？」

『ミュージカルの公演が終わったあと、先輩はバラエティに居場所がちゃんとあったじゃないですか！　あの頃、僕が客演した舞台、いちばん小さなハコすら満席にできなくて、劇団の主催者にあからさまにガッカリされたりしてたとき、先輩はいつだってテレビの画面で楽しそうだった』

突然、さっきのロイドを遥かに上回る激しい口調で自分をなじり始めた李英に、海里は驚いて硬直する。

「李英、お前」

『そりゃ、あのスキャンダルは大変だったと思うし、芸能界を追放されたときも凄く心配しましたよ。でも先輩は、ここでいい人たちに出会って、やっぱり凄く幸せそうで楽しそうで』

「それ、は」

『僕はずっと、芝居だけをやってきました。一度も休まず、ずっと。先輩は違う。芝居から離れてよそで楽しくやって、事故って、でもまたすぐ他のことで立て直せてる』

海里の顔から、みるみるうちに血の気が引いていく。ロイドは何か口を挟もうと身を乗り出したが、李英はそれを許さず、叫ぶように言い募った。

『僕と先輩は違うんです。「いくら芝居ができても、君には華がない」って、僕はことあるごとに言われて、オーディションに落ち続けてきました。先輩には、華がある。人を惹《ひ》きつける力を生まれつき持ってる。だから……だから、僕の気持ちがわかるなんて言わないでください！』

これまで、海里が俳優の仕事から離れたことをひたすら憂い、再び演劇に接点を持ち始めたことを喜んでくれていた李英が、心の底ではそんな風に思っていたのか。

衝撃が大きすぎて、海里は絶句したまま、ただ李英の透けた顔の中で、唯一炎のように燃える両目を見つめている。

しかし、さっきとは打って変わって、ロイドが今度は穏やかに声を上げた。

「里中様。それは典型的な、『隣の芝生』でございましょう」

口調こそ丁寧だが、ロイドの声には、さっき李英をわざと挑発したときとは明らかに違う、本物の憤怒《ふんぬ》がある。氷柱《つらら》のような静かな怒りに、激していた李英もギョッとした顔で口を噤《つぐ》んだ。

「里中様がご覧になっている海里様が、海里様のすべてではございません。一時の激情に任せて、大切な方をいたずらに傷つける行為を、このロイド、見過ごすわけには参りませんよ」

『でも、僕は』

「里中様のお気持ちは、里中様にしかわかりません。それは真理でございます。けれど、それをわかりたくて、少しでも重荷を共に負いたくてもがいている方のお気持ちも、少しだけで構いません、察して差し上げてはいただけますまいか」

『あ……』

李英の視線が、ゆっくりと海里に戻される。どうにもいたたまれなくて、海里は半ば反射的に目をそらしてしまった。

「ありがとな、ロイド。でも、李英の言うとおりだ。芝居から一度は逃げた俺が、李英のつらさを察するなんて、おこがましいよな。けど……けど、頼むから、早まらないでくれ。こんな俺でも、お前のためにできること、あるかもしれないから。精いっぱい探して見つけるから。な。だから」

俺の身体に戻ってくれ、と囁《ささや》くように願って、海里はこわごわ李英の顔を見る。

今は怒りが消え、ただ悲しみと絶望に満ちた李英の瞳《ひとみ》が、感謝の意を伝えるようにゆっくりと瞬《しばた》いた。

『すみません。僕、何もかもがわからなくなって。もう何を目標に生きればいいかわからないし、そもそも生きられないかもしれないし、命が繋《つな》がったとしてもどのくらいまで体調が戻るのかわからないし。生きていたい気がするけど、もう死んじゃったほうが楽なんじゃ、とも思うし。それならロイドさんが言うように、このままフラフラして魂も身体も死ぬまで待ってればいいけど、それはそれで、最後の最後に自分から逃げたことになるから悔しいし。でも……でも』

海里に語っているというよりは、自分に問いかけているような調子で話しながら、李英はすっと立ち上がった。

『すみません。しばらくひとりで頭を冷やしてきます。そこの川べりにしか行きませんから、心配しないでください』

「お……おう。ちゃんと、戻ってくるよな？」

『はい。だから先輩は寝てください。僕のせいで、余計にお疲れなんですから』

こんなときも海里の心配をして、李英はクルリと二人に背を向けた。

霊体なのだから、二階の窓からでもいいだろうに、わざわざ戸口から出て行くあたりが、李英のどうしようもなく律儀なところだ……などと変に感心しつつ、海里はロイドを見た。

「あのさ。……なんか、ありがとな」

「はい？」

とぼけた顔で首を傾げるロイドの二の腕をポンと叩《たた》いて、海里は寂しく笑った。

「我ながら甘えてるなって思うけど、お前が一緒にいてくれて、庇《かば》ってくれて、ビックリするほど嬉《うれ》しかった」

素直な感謝の言葉に、ロイドはいつものやわらかな微笑で応《こた》える。

「主のお傍でお助けするのは、僕《しもべ》の務めでございます。けれど、その喜びを、里中様に寄り添い続けるためのささやかな糧になさってください。今はおひとりの時間が必要でしょうが、あのお方には、離れず傍で支える方が必要です。そしてそれは、海里様をおいて他にはいらっしゃいますまい」

「……そう、思い上がっていいかな」

「勿論《もちろん》でございます。過去にいかなる過ちがあろうとも、わたしのような優秀な僕を得るという類《たぐ》い希《まれ》なる僥倖《ぎょうこう》に恵まれておられようとも、我が主は確かに努力の人であらせられますよ」

　いかにもロイドらしい、本気とも冗談ともつかない台詞《せりふ》を聞かされて、海里の端整な顔が、一瞬、泣きそうに歪《ゆが》む。

「水、飲んでくるわ」

　そんな言葉を残し、海里は急いでこみ上げる涙を拭《ぬぐ》いながら、階下へと向かった。

「お？」

　てっきり茶の間にいると思われた夏神は、まだ厨房《ちゅうぼう》にいた。戸棚にしまい込んでいる昔の料理レシピ本を、スツールに腰掛けて読みふけっていたようだ。

　階段を下りてきた海里を見て、彼は意外そうに店の入り口を指さした。

「さっき、里中君がするーっと扉を抜けて、外へ出ていきよったで？」

「うん。ちょっと、色々あってさ」

　海里がさっきの経緯《いきさつ》を語ってきかせると、夏神はいかつい顔をしかめ、「きっつい話やな」と正直な感想を口にした。

「茶ぁでも煎《い》れたろか？」

「や、水でいい。喉《のど》カラカラなんだ」

　海里はグラスに水道水を汲《く》み、ひと息に飲み干した。そして、ようやく人心地がついた様子でシンクにもたれかかり、夏神に問いかけた。

「夏神さんさ、最初に会ったとき、つか俺の命を助けてくれたとき、死にたがってた俺に、『今回は諦《あきら》めし生きとき』って言っただろ？」

「そないなこと、言うたかな。ま、言うたんやろな」

「何だよ、覚えてないのかよ。じゃ、なんでそう言ったかも、覚えてないの？」

夏神は曖昧《あいまい》に頷《うなず》き、エプロンのポケットから棒付きの飴《あめ》を二本、取り出した。そして座ったまま、一本を海里に差し出す。

不満顔で「こんなんじゃごまかされねえぞ」と言いつつも受け取った海里にニャッと笑いかけ、夏神は照れ臭そうに頭を掻《か》いた。

「なんでって、そら、お前を生かしときたかったからやろ」

「それは、俺に同情して？　俺のためを思って？」

そんな海里の問いに、飴の包み紙を剝《は》がそうとしていた夏神は、手を止めて「は？」と、心底怪訝《けげん》そうな顔をした。その予想外のリアクションに、海里はすっかり戸惑ってしまう。

「えっ、違うの？」

「会《お》うたばっかしのお前のために、そこまで思わんやろ」

「いや、それは……その、そうだけど」

「俺が、お前を、生かしときたかった。そんだけの話や。目の前で死なれたら気ぃ悪いやろが。まあ言うたら、俺の我が儘《まま》やな」

「ええぇ」

夏神が平然と語る真実に、海里は呆気《あっけ》に取られて飴を持ったまま立ち尽くす。

こちらは「コーラ味か」と呟《つぶや》きながら飴を口に入れた夏神は、こう続けた。

「誰かのためを思うて、とか言い出すと、話がややこしゅうなる。思われたほうが、重とう鬱陶《うっとう》しゅう感じるやろ。よかれと思うて、て言われて、素直に感謝できることなんか、そうそうあれへんやろが」

「それは……そう、だね」

自分と兄、一憲の過去の確執を思い出すと、自然と海里の顎《あご》は上下してしまう。

「そやから、自分の我が儘でええんや。ほんで、自分の我が儘には、己が責任を持つんや。俺は我が儘を通して、その結果、今、お前が笑って生きとるんが嬉しいで？　それでええやないか。あかんか？」

海里はしばらく黙りこくっていたが、やがて空っぽのグラスをシンクに置き、夏神の真正面に立った。そして、額が膝《ひざ》につくほど深く頭を下げた。

「あんとき、特大の我が儘を言ってくれて、本当にありがとう。俺も今、自分が生きてることが嬉しい。だから……俺も、俺の我が儘を通すよ」

頭を上げた海里の顔は、どこか晴れ晴れしていた。

「俺は、絶対に、李英に生きてほしい。それは、俺があいつを好きだから。あいつのいない世界が想像できないから。そんだけだ！」

「おう、そんだけで十分や。……あんな、イガ」

夏神は飴をくわえたまま、いささか不明瞭《ふめいりょう》な口調でこう言った。

「師匠が俺を助けて、俺がお前を助けて、お前がロイドを助けて……そうやって人は、命は繋がっていくんやと俺は知った。俺の我が儘に応えてくれて、俺こそありがとうな」

いかつい顔をクシャッとさせて笑う夏神に、海里は言葉を返す代わりに、ただ親指を立て、いつもの明るい笑顔を見せた……。


結局、李英が海里のもとに戻ってきたのは、その日の夕方になってからだった。

仕込みが一段落して、開店前に一休みしようと自室に戻っていた海里は、朝の諍《いさか》いをとりあえず脇に措《お》き、笑顔で李英を迎えた。

『すみません。ちょっと嘘つきました。自分の身体のところに戻ってました』

海里の前に座った李英は、まだ少し沈んだ様子で詫《わ》びた。

「お、おう? 俺は今日はここでお前を待つつもりで、とりあえず金得さんと電話で話しただけだけど。全身の状態はわりに改善されたから、意識が戻らない理由がわかんないまま、心臓の手術に踏み切る可能性が高いとか……」

海里の言葉に、

『はい。今のところ、木曜日の午前からの手術を予定していると主治医の先生が金得さんに仰《おっしゃ》ってました。父も、それに合わせてまた来てくれるみたいです』

「そっか……つか、やっぱ身体には戻れなかった?」

李英は、情けなさそうに首を振った。

『自分に猛烈に腹が立ってたので、その気持ちのままに戻れるんじゃないかと思ったんですけどね。生きたいっていうモチベーションが弱いのがいけないのかな。ダメでした。それにしても、変なんですよ』

「何が？」

『勿論、病院の方々がそう仕向けてくださってるんですけど、僕の気持ちなんかに関係なく、僕の身体は勝手に生きようとしている。何だよお前って、まるで他人に対するみたいに腹が立って、当たらないんですけど、自分の頰をポカポカ殴ってきました』

そう言って、李英は透ける拳《こぶし》を振り上げて、くすんと無理やりに笑ってみせる。

「そりゃ複雑だよな。……でも、このまま魂と離れて、手術って受けられるもん？」

『さあ……』

「ロイドならわかるかな。今、夏神さんと下にいるけど」

『でも、どのみち身体に戻れなければ意思表示もできないんで、手術されちゃうんだと思います、僕』

「いくら何でもそりゃちょっと。とはいえ、どうしようもないか」

二人はがっくりと項垂《うなだ》れる。

先に気を取り直したのは、海里のほうだった。

「とはいえ、二人してモヤモヤしてたってしょうがねえ。せめて、お前がやりたかったこと、やろうぜ」

『えっ？』

驚く李英に、海里は片目をつぶってこう言った。

「俺ん中にいれば、明日《あした》、ただで倉持さんの朗読イベント、聞けるだろ。しかも舞台袖《そで》の特等席だ」

それを聞いて、李英のずっと沈んでいた顔がパッと輝く。

『明日なんですね、イベント！　うわあ、倉持悠子さんの朗読を、舞台袖で……』

「おう。悩んでも考え込んでも、なるようにしかならねえんだし。木曜が手術なら、開き直って、水曜の夜はパーッと、いや、朗読はあんまりパーッとはしてねえけど、でも、一緒に楽しいことをしよう」

『手術が失敗したら、最後の素敵な思い出になりますね』

「おい、そういうこと言うなって！」

海里がムッとすると、李英はクスッと笑って頭を下げた。

『すみません。意地悪言いました。嬉《うれ》しいです。先輩が、僕の希望を覚えててくれて』

「忘れるわけねえだろ。で、行くのか、行かないのかどっちだよ。俺は倉持さんのアシスタントだから行くけど」

むくれ顔のまま問い詰める海里に、李英は心底嬉しそうに、『行きます。ふふ、こんなことになって初めて、明日までは生きようって思えました』と言った……。

＊　　＊

　そして、翌、水曜日の午後五時過ぎ。

　いつものように芦屋川沿いにある小さなカフェ兼バー「シェ・ストラトス」を訪れた海里は、いつもと少しだけ違う心持ちでマスターの砂山悟《さやまさとる》に挨拶《あいさつ》をした。

　何しろ、砂山は知る由などないが、海里の中には李英がいるのだ。タダ見の客を連れ込むというちょっとした悪事に、この手の不正にまったく不慣れな海里は、相当にドキドキしていた。

　いつもより早く来たのは、店の手伝いを長めにすることで、せめてもの罪滅ぼしをしようという魂胆だ。

　しかし、カウンターの中から人懐っこい笑顔で海里を迎えた砂山は、意外なことを言った。

「今日は、店の手伝いはいいから、楽屋へ行って。悠子さんがお待ちかねだよ」

「えっ、なんでまた？　もう倉持さん、来てるんですか？　早いですね」

　驚く海里に、砂山は悪戯《いたずら》っぽく笑った。

「そうだねえ。何か企《たくら》みがあるんじゃないの？　いや、お叱りかな。ま、行っといで」

「は、はいっ」

海里は大急ぎで、ちょうど厨房《ちゅうぼう》の裏側にある小さな楽屋へと向かった。

毎週水曜日、海里の朗読の師匠である倉持悠子は、この店で朗読イベントを開催する。

子供向け番組の「歌のお姉さん」でデビューした彼女は、努力を重ね、実力派女優と評価されるまでになったが、今は芦屋に夫と二人暮らしをして、吟味した仕事だけを引き受けることにしている。

この店のイベントでは、悠子は海里と共通の知人である作家の淡海五朗《ごろう》の短編小説を演題に選ぶことが多い。実は海里も、淡海が彼のために書き下ろした小説の朗読で、悠子と共にステージに上がることを目標に、稽古《けいこ》に励んでいるところだ。

低い段差で仕切られたごく小さな舞台には、悠子が座るためのクラシックな椅子が置かれている。そして、客席には早くもイベントの開始を待つ客たちが入り始めていた。

彼らに軽く頭を下げながら海里は楽屋前にたどり着き、軽くノックしてから扉を開けた。

『うわ、倉持悠子さんの楽屋に、僕も入っちゃっていいんですか？』

海里と同様、子供時代に倉持悠子のファンだった李英もドキドキしているのが、海里にも伝わってくる。

「いいんだよっていうか、仕方がないだろ。あと、あんま動揺すんな。俺の内臓がおかしくなる」

小声で例によって自分の腹に向かって囁《ささや》いてから、海里は楽屋で化粧中の悠子に挨拶をした。

「おはようございます！　あの、今日は早いですね」

「おはようございます。あなたもね。でもちょうどよかった。お願いがあるのよ」

鏡に向かって、自分の額にコットンを柔らかく当てながら、悠子はそう言った。特に怒ってはいない様子だ。

ひとまず安堵《あんど》して「はい」とかしこまった海里に、悠子は鏡越しに視線を向け、そしてこう言った。

「そこに今日の台本を置いてある。あなたの分」

それは、悠子がいつも海里の勉強になるようにと心づくしでしてくれることなので、海里は「ありがとうございます」と、これまたいつものように礼を言った。

しかし、台本を手に取ると、何故か今日に限って、途中のページに付箋《ふせん》が挟んである。

「ん？　これは？」

そのページを開いてみると、一行だけ、スッと緑色の蛍光ペンでマーキングされていた。

首を傾げる海里に、ようやく振り返った悠子は、ニッコリ笑ってこう言った。

「そこの一言だけ、ちょうだい」

「は？」

「舞台袖から、あなたがそこを読んで。何度も下読みして、その言葉だけは、男性の声でほしいと思ったの。だから」

海里は改めて、台本の表紙を見た。やはり、淡海五朗作品だ。幸い、海里が読んだことのある短編小説である。

「これ確か、お婆さんが死の床で過去の思い出を辿《たど》るうちに、ふと、旦那《だんな》さんの最後の言葉を思い出して、それに導かれて死の国に行く……みたいな」

悠子は柔らかく微笑んで頷《うなず》く。

「よかった。知っているのね。その旦那さんの一言を、あなたにお願いしたいの。正式デビュー前に申し訳ないけど、どうしても。作品を完璧《かんぺき》な形にしたいっていう、私の我が儘《まま》よ」

我が儘、という一言に、海里はハッとした。

（倉持さんは我が儘だって言うけど……そりゃホントに、作品を納得いく仕上がりにするためなんだろうけど、でも）

同時に、それは近い将来、この舞台に立つ海里のために、舞台袖からただ一言とはいえ、経験を積ませてやろうという悠子の親心だろう。

（ああ……ほんとだ。我が儘って言われるの、凄《すご》く楽だ）

本来ならガチガチに緊張して、返答を迷うところだろうが、「我が儘」という言葉の魔法が、海里の肩からスッと力を抜いてくれる。

「その我が儘に、全力で応《こた》えます！　失礼します！」

そう言って深々と一礼すると、海里は楽屋の隅に重ねて積み上げてあったスツールを一つ持ってくると、そこに腰掛け、猛然と台本を読み始めた。

自分に与えられたのがただ一行、ただ一言であったとしても、作品全体の空気感を頭に入れ、悠子がそれをどう読むか、これまでの経験から想像しなくてはならない。

「私がメイクを済ませたら、一度だけ、ざっと読み合わせをしましょう」

「了解っす！」

返事をする間も、海里の目は台本から動かない。『頑張ってください』と、李英は海里の中から囁くように言った。李英もまた、高揚している。はらわたが燃えるようなその感覚は、さっきのドキドキとは違って不快ではなかった。

むしろ、最強の応援団が身の内にいる。そんな心強さを噛《か》みしめ、海里はただひたすらに心身を集中させて、小説世界を噛み砕《くだ》きにかかった……。

翌朝、午前五時半過ぎ。

「ほい、今日もお疲れさんでした」

外から「ばんめし屋」と染め抜かれた暖簾《のれん》を取り込んできた夏神は、海里とロイドをそんな言葉で労《ねぎら》った。

最後の客を見送り、切りがいいからと少し早めに店を閉めて、厨房と客席の掃除を終えたところである。

一応、駆け込みの客が来たら対応しようと話し合い、最後の最後まで暖簾は掛けたままでいたのだが、心構えができているときに限って、誰もやってこないものだ。

「風呂《ふろ》に入ってちょっとでも寝とけや、イガ。今日は、朝から里中君の心臓の手術があんねやろ？　店のことは気にせんでええから、必要なだけあっちにおりや」

どうやら閉店時刻を早めたのは、海里のためだったらしい。夏神のさりげない思いやりに感謝しつつ、しかし海里はこう言った。

「ん、だけどちょっとだけ……ちょっとだけ、厨房使っていいかな。なるたけ汚さないようにするし、掃除もやり直すから」

意外そうにしつつも、夏神は「ええよ」とすぐに快諾した。

「掃除はええから、用事が済んだらすぐ寝ぇ。ええな？」

「了解」

「ほな、俺は先に風呂入るわ。ロイド……は」

「わたしはたいそう疲れてしまいましたので、先に休ませていただきます。おやすみなさいませ！」

夏神に水を向けられたロイドは、少しも疲れていない元気いっぱいの顔でそう言い、そそくさと二階へ上がってしまう。

「眼鏡のくせに、バキバキに気を遣いやがって」

軽く手を振り、ロイドの後を追う夏神に感謝の視線を向けてから、海里は「さて」と冷蔵庫を開けた。

『先輩？　お腹が空いたんですか？』

海里の中から、不思議そうに李英が問いかける。

「ん、まあな」

海里はコンロにフライパンを二つ並べて置き、それぞれに軽く油を引いた。

片方は弱火にかけて中華そばを一玉ポンと置き、少量の水をかけて解《ほぐ》して、塩胡椒《しおこしょう》をする。

中華そばをジワジワと焼く一方、もう一つのフライパンには、冷凍庫にストックされていた豚肉の切り落としを凍ったまま包丁で小さめに切って放り込んだ。

『焼きそば？　寝る前に、ずいぶんしっかりしたものを食べるんですね』

不思議そうな李英に問われて、海里はニヤッとした。

「いいから見てな」

こちらは中火で焼きながら、菜箸《さいばし》で肉を一枚ずつ剥《は》がし、まんべんなく火が通るように広げると、空いた場所にしめじを一摑《ひとつか》み入れる。

それから、冷蔵庫から小松菜を出して来てざっと洗い、ざくざくと粗く刻んでフライパンに投入する。

「あるもので作れる焼きそば。しかも〜〜」

妙な節をつけて肉と野菜に塩胡椒をしてじゃんじゃん炒《いた》め、そこに鶏《とり》ガラスープの顆《か》粒《りゅう》を目分量で振りかけ、愛用のモロゾフのプリン容器に一杯弱、水を注ぎ入れた。

「あ、そうだ、忘れてた。ほんとは先に油で炒めるんだけど、まあいいや」

そんなことを言いながら、冷蔵庫からチューブ入りのおろし生姜《しょうが》を持ってきて、二センチほど小松菜の上に無造作に絞り出す。

薄い円盤状に焼き上がった中華そばをペロッと引っ繰り返すと、隣のフライパンの肉と野菜ときのこをぐるっと返し、いったん味見をして、砂糖をほんのひとつまみと、醤《しょう》油《ゆ》をタラリと足して再び味を確かめ、満足そうに頷いた。

『先輩、もしかして、それって』

「おっ、思い出したか？　もうちょっと待てよ」

楽しそうに口笛を吹きながら、海里は中華そばを皿に取った。そして、片栗粉を少量の水で溶くと、肉と野菜ときのこのフライパンに流し入れ、素早く交ぜて、濃い目のとろみをつけた。

それを中華そばの上にざっと掛ければ、たちまち、あんかけ焼きそばの完成である。

「やっぱお約束をやっとくか。ディッシー！」

お料理お兄さん時代の決め台詞《ぜりふ》と決めポーズを披露してから、海里は皿を持ち、厨房《ちゅうぼう》を出た。

カウンター席に座り、目の前に焼きそばの皿と割り箸を置く。

『先輩。覚えてますよ、僕。それ、大昔に先輩が作ってくれた焼きそばだ』

しみじみと言った李英に、海里も頷いた。

「そ。俺も覚えてる。ミュージカルの稽古《けいこ》が上手《うま》くいかなくて、悔しくて情けなくて、ヤケ飯したいのに金もなくて、そんで、小銭かき集めて業務用スーパーで食材買って、適当に作った焼きそば。あれを再現してみた。あの頃よりは、一万倍旨《うま》くできてるはずだけどな！　ちゃんとあんかけにもできたし」

海里の言葉に、李英も海里の中で笑う。

『あはは、あのときは、片栗粉を直接鍋《なべ》に入れて、大変なことになりましたっけ』

「そうそう。コナコナの塊やらネチネチの塊やらができまくって、二人で余計悲しくなって……」

『でもお腹ぺこぺこだから、マジ泣きしながら完食しましたね』

海里は懐かしそうに頷いて、割り箸を割った。

「もうじき、お前の手術だろ。戦の前には、やっぱ思い出の一皿だよなって思ってさ。何がいいかなって考えたとき、真っ先に思い出したのがこれだった。俺たちの『どん底飯』だ」

『確かに、「どん底飯」って、あのときの気分にぴったりだ』

李英も感慨深そうに同意する。海里は、敢《あ》えて明るい声を張り上げた。

「で、あんときゃあれで底を打って、そっから俺たち、稽古が楽しいと思えるほど進化できた。今度だって、きっとそうだ。再びのどん底に、『どん底飯・改』で挑もうぜ」

『先輩……』

「俺が食ったら、お前にも味が伝わるんだろ？　だったら一緒に食ったことになるよな。いただきます！」

元気よく挨拶《あいさつ》をして、海里は箸で少し多すぎる量の焼きそばを持ち上げ、勢いよく吹き冷まして、ズルズルと吸い上げた。

むせる手前の暴挙だが、過去の大失敗作とは比べものにならない上出来である。

「旨い！　なあ？」

『凄《すご》い。材料それだけなのに、お店の味だ』

李英も、海里の舌を通じて焼きそばを味わい、感嘆の声を上げる。

「俺、やっぱ料理の才能あるわ」

冗談まじりの自画自賛をして、海里が焼きそばをもりもり平らげていると、李英はぽつりと言った。

『先輩、昨夜は先輩がすぐお店の仕事に戻らなきゃいけなかったから、詳しく言えませんでしたけど、朗読イベント、素晴らしかったです。倉持さんの朗読は勿論《もちろん》、先輩の一声が、めちゃくちゃ効いてました。先輩の身体の中で聞いてて、僕、涙が出ましたよ。あ、いえ、今は幽霊みたいなもんだから、本当は出てないんでしょうけど』

海里は箸を置き、照れ笑いした。

「大袈裟《おおげさ》だよ。倉持さんの朗読が凄いから、俺も引っ張ってもらって、精いっぱいのいい仕事ができただけ。しかもたった一言だしな」

だが、そんな謙遜《けんそん》を、李英はきっぱり否定した。

『たった一言だから、難しいんじゃないですか。主人公の亡き夫が、生前、最後に遺《のこ》した言葉……「いつまでも、勝手に君を待っているよ」って。凄く難しい言葉だと思いました』

「……どういう風に？」

海里に問われて、李英は少し考えてから答える。

『不思議なフレーズじゃないですか、「勝手に」って。なくてもいいのにって思ったけど、先輩の声で聞いたら、あ、あれ、必要だったんだって感じました。相手が勝手に待ってるんだってわかったら、言われたほうが凄く気が楽ですよね。急いで行かなくていいんですし』

「そうそう、それな」

海里も声を弾ませて同意する。

『その言葉を思い出したときの主人公のお婆さんの、「あの人、勝手に待つって言っておいて、私が行ったら遅いと怒るんでしょうねえ」っていう、溜《た》め息をつきながらも嬉《うれ》しそうな感じが、凄く先輩の台詞とマッチしてて』

海里は「あーあー」と情けない声を上げた。

「あれは完璧《かんぺき》に倉持さんの勝利。俺の芝居にピッタリ合わせてくれたんだ」

だが、李英はそれをキッパリと否定した。

『一方的に合わせたんじゃ、ああはなりませんよ。先輩も合わせてたはずです。先輩が、倉持さんのお芝居をずっと勉強してたからできたことです。ほぼ即興ですもん。あの、先輩』

呼びかけて、李英はすっと海里の身体から出てきた。そして、海里の傍に立ち、ペコリと頭を下げる。

『すみませんでーした、一昨日《おととい》は酷《ひど》いこと言って。先輩がこっちに来てからどれだけ努力してきたか、あの台詞ひとことで十分にわかりました』

「いいんだって！　俺が芝居をサボったのも、芝居から逃げたのも、ホントのことだから。けど悪いと思ったんなら、ひとつだけ、我が儘《まま》言わせてくれよ。一方的なやつ」

『はい、勿論。何ですか？』

「生きてくれ」

音は立たなくても、李英が息を呑《の》んだことは表情でわかる。海里は、椅子に座ったまま李英のほうに身体を向けて、重ねて言った。

「お前が死にたくても生きたくても迷ってても、俺は生きてくれって我が儘を言う。お前がこの先どんな風になっても、俺はいつか二人してジジイになったとき、またこのあんかけ焼きそばを作って一緒に食いながら、俺たち頑張ってきたよなあ、波乱万丈だったよなあって、笑って思い出話がしたいんだ」

『先輩、それは』

　口ごもる李英に、海里は静かに首を横に振ってみせた。

「返事はいい。俺は俺の我が儘を言った。それを聞いてくれても無視してくれてもいいんだ。お前の人生のことは、お前が決めるべきなんだから。でも」

『でも？』

「もし判断に迷ったときは、そういえば俺がそんな我が儘言ってたなあって、思い出してみてくれよ。そのくらいでいい」

　李英は、そう言いきった海里の、やけにスッキリした顔をしばらくつくづくと見ていたが、やがて、ニコッと笑ってこう言った。

『そっか、それが先輩の「勝手に」ですね？』

　一瞬、何のことかわからずキョトンとした海里は、すぐにそれがさっきの朗読イベントでの自分の台詞だと気付いて、大きな笑みを浮かべた。

「そ。それが俺の『勝手に』希望してること。言えてスッキリした！」

　そう言うと、海里は再び旨そうに焼きそばを食べ始める。

『なんだか、僕も不思議とスッキリしました。そうしたら、魂だけなのに、何だか初めてお腹が空いたかも。僕もお相伴します！』

「おう。『どん底飯・改』、満喫しようぜ！　そんでお前は少しでも、手術前に力をつけとけ」

『霊体で味わっても、力、つきますかね』

「気は心って言うだろ！」

李英が病に倒れてから初めて、二人はいつものように、いや、いつもとは少し勝手が違うものの、賑《にぎ》やかに喋《しゃべ》りながら食事を共にした……。


短い仮眠を取った後、シャツの胸ポケットに眼鏡姿のロイドを、身体の内に李英を収めてK病院に向かった海里を病棟のエントランスで待っていたのは、ササクラサケルのマネージャー、金得だった。

今日も地味だがぴしっとしたスーツ姿の彼は、にこやかに海里に挨拶をした。

「おはようございます、五十嵐君。寒いけど快晴、手術日和ですね」

「……そんな日和ありましたっけ。あ、おはようございます。お疲れ様です」

金得は病院近くに宿を取り、たとえ面会の資格がなくて集中治療室に入れなくても、毎日病院に詰めて主治医に病状を訊《たず》ね、ササクラサケルや李英の父親の英人、それに海里との連絡係を当たり前のように務めていた。

ササクラが信を置くだけあって、その仕事ぶりは冷静でそつがなく、若年性認知症の妻の介護でどうしても帰宅しなくてはならなかった英人も、さぞ心強かったことだろう。

その金得が、やけに嬉しそうな顔で海里に言った。

「早く、集中治療室へ行って下さい。もうじき李英君、手術室へ移動されますから。お父さんがいらして、君を待ってます」

海里は、不思議そうに金得の顔を見た。

「けど、俺も金得さんと一緒で、集中治療室へは……」

「いいから、早く行ってらっしゃい。僕も、ササクラさんに一報を入れてから追いかけます」

「あ……は、はい」

「急いで！」

妙に強い口調で急《せ》かされ、海里は不思議に思いつつ、もはや少し通い慣れてきた感のある三階の集中治療室へエレベーターで向かった。

「ああ、来てくれてありがとう。さ、一緒に」

四日ぶりに会う英人は、集中治療室の前に立っていた。海里の姿を認めるなり忙《せわ》しく手招きして、そんなことを言う。

「いえ、俺は」

自分には集中治療室に入る資格がないと海里が言うより早く、英人は熱の籠《こ》もった口調で言った。

「結局意識はまだ戻っていないけど、李英はきっと、君に励ましてほしいと思ってる。だから、主治医の先生にかけあって、今だけ特別に君も入れてもらうことにした。もう時間がないんだ。早く用意をして」

「……ホントですか！」

海里は思わず声を弾ませた。

てっきり集中治療室の前で、自分の内から李英の魂を送り出し、何とか彼自身の身体に戻れますようにと祈ることしかできないと思っていたので、共に李英の病床へ行けるというのは、思いがけない喜びだった。

無論、集中治療室には、そのまま入っていくわけにはいかない。

逸《はや》る心をぐっと抑えて、丁寧に手洗いし、その上でさらに手指消毒を行い、マスクを装着してからの入室が求められる。

ようやく準備を済ませた海里は、小さな音量でクラシック音楽が流れる広い室内へ、英人について踏み込んだ。

（……李英！）

ベッドに横たわる李英の顔は、紙のように白い。

『やっと先輩に会えましたね、僕の本体』

そんな言葉と共に、李英の魂が海里の身体から抜け出してくる。

戻れそうか、と声に出さずに唇の動きだけで問いかけた海里に、李英は『試してみます』と、ベッドのほうへ一歩踏み出す。

しかしそのとき、英人がこう言った。

「主治医の先生曰《いわ》く、脳には異常がないし、意識が戻らない理由はわからないそうだ。

でも、戻るのを待つには、心臓の弁にできてしまった悪いつぶつぶの存在が危険すぎるそうでね。それが血流に乗って大事な臓器に詰まると、たちまち命にかかわるからね。本人が同意していないのに可哀想だけど、思いきって手術をお願いすることにした」

「……はい」

海里は頷《うなず》き、霊体の李英も、決定を任せてしまったことを詫《わ》びるような視線を父親に向ける。

まさか、息子が幽体離脱して自分を見ているなどとは想像もしていないであろう英人は、この数日で明らかにやつれた顔で、それでも李英そっくりの穏やかな笑顔で息子に声を掛けた。

「李英。僕の声が聞こえているといいんだけど。手術前に、李英の大好きな五十嵐先輩に来てもらったよ。それと……手術の前に、伝えたいことがある」

英人はそう言うと、上着のポケットから、ボイスレコーダーを取り出した。

「李英、前にお母さんの言葉に、酷く傷つけられたことがあったね。病気のせいとはいえ、母親に自分のことを忘れられただけじゃなく、泥棒呼ばわりまでされて、本当に辛《つら》かったと思う。だけどね、李英の病気のことをお母さんに話したら……聞いてくれるかい？」

そう言葉をかけて、英人は李英の耳元にボイスレコーダーを差し出し、再生スイッチを入れた。

数秒の後、女性のやや甲高い、震えを帯びた声が流れ出した。

『どうしましょう、あなた。代わってあげたい。ねえ、そうだわ、心臓。私の心臓を持って行って。あなた力持ちだからできるでしょ。私の心臓をもぎ取って、李英にあげて。あの子、きっと元気になるから』

海里は思わず、まったく反応を示さない李英の身体から、自分の隣に立つ霊体の李英へ視線を向ける。

『お母さん……』

呆然《ぼうぜん》とする霊体の呟《つぶや》きは、英人には聞こえないらしい。彼は横たわり、物言わぬ息子の耳元に顔を寄せて、こう囁《ささや》いた。

「まあ、五分後には、李英って誰だったかしら、と首を捻《ひね》ってた。切ない病気だよ。でも、わかったろ。お母さんの心の中には、まだちゃんと李英がいるよ。病気のせいで、記憶を引っ張り出すのがかなり大変になっただけで、消えたわけじゃないんだ。お父さんもお母さんも、お前を愛してる。お母さんの心臓を持ってくることはできなかったけど、お母さんの気持ちは持ってきたつもりだ。伝わっているよね?」

返事はないが、英人はどこか満足げに背筋を伸ばすと、一歩下がって海里に声を掛けた。

「君も、何か言ってやってくれないかな。きっと聞こえているから」

聞こえているのは知っている、と思いつつ、海里は李英の身体のほうを向いて、その実、霊体の彼に向かって語りかけた。

「俺が言いたいことはもう伝えたつもりだけど、あと一つだけ。朗読イベントで、わかったろ。飛んだり跳ねたりできなくなっても、生きてさえいりゃ、芝居はできる。表現はできるんだ。……諦《あきら》めんな」

言い終えて、海里は李英の霊体に向き直る。

相変わらず半透明の李英は、横たわる自分の身体を見下ろし、それから静かにこう言った。

『先輩、僕、やっとわかった気がします。僕の命は僕のものだけど、僕だけに属してるものじゃない』

「ん？」

海里が小さな声を上げると、李英はこう続けた。

『僕をこの世に送り出してくれた両親、友達、ササクラさんや金得さん、そして先輩。僕がかかわった、大好きな人たちの心の中にも、僕がいるんですね』

勿論《もちろん》だと答える代わりに、海里は自分の胸を軽く叩《たた》いてみせる。李英はいつものはにかんだような笑みを浮かべた。

『僕の命は、たくさんの人の心の中に根を下ろして、そこから温《あった》かい力をもらってる。それが僕を前へ進ませてくれるんだ。そして、きっと僕の心にも、大好きな人たちの根っこが伸びてきてる。僕は……その根っこを枯らしたくない。一緒に生きていきたい』

「李英……」

『行ってきます、先輩。手術、絶対乗り越えます。その後のリハビリも』

静かだが力強い誓いの言葉に、海里も深く頷き、「行ってこい！」と腹の底から声を出した。

次の瞬間、海里の目の前にいたはずの李英の霊体が、ふっとかき消えた。

そして……。

「はい」

酷《ひど》く掠《かす》れた声だったが、それは確かに海里の鼓膜を震わせる、本物の声だった。

「李英⁉」

英人と海里は、同時にベッドに縋《すが》り付く。

戻れました、と海里には唇の動きで伝え、李英は弱々しく、しかしどこか頼もしく微笑んで、微《かす》かに手を持ち上げようとする。

半ば反射的に、海里はその手を自分の両手で包み込んでいた。ひんやりした、触れることができる李英の本物の手を、自分の熱で温める。

「待ってるからな」

海里の呼びかけに、李英は、さっきよりしっかりした声でもう一度、「はい」と繰り返す。

そんな二人の姿を、英人は……そして、海里のポケットの中で密《ひそ》かにロイドも、涙ぐみつつ見守っていたのだった……。

エピローグ

「ケーキの残りは、お前らで責任持って旨《うま》いうちに食うてしまえや」

そんな言葉で宴《うたげ》を締め括《くく》った夏神は、普段のギョロ目が嘘のように細くなった目をしょぼつかせ、大あくびをした。

小さな一軒家の一階部分がすべて店舗なので、生活スペースは二階のみである。

家庭用キッチンを備えた茶の間は夏神の居室も兼ねているため、彼が眠くなったタイミングでいわゆる「家飲み」はお開きにする決まりだ。

使った食器をシンクの洗い桶《おけ》に浸《つ》け、飲み物の缶やゴミをざっとまとめると、海里とロイドは早々に茶の間から退散することにした。

「ほんじゃおやすみ、夏神さん」

「おやすみなさいませ、そして、メリー・クリスマス！」

部屋を出ていきがけにそんな挨拶《あいさつ》をされ、ちゃぶ台を畳みにかかっていた夏神は、やけに照れ臭そうに「おう、なんかメリーな奴な」と中途半端な挨拶を返した。

「ケーキ、下の冷蔵庫に入れてくるわ」

「わたしもお供致しますよ」

茶の間を出た海里とロイドは、ヒソヒソ声でそう言い合い、階下へ向かった。茶の間にも小さな冷蔵庫はあるのだが、クリスマスのご馳走《ちそう》の残りで満杯になってしまい、とてもケーキの大きな紙箱を入れる余地はない。

一方で年末年始の休みに備え、食材を使い切りにかかっている店の冷蔵庫には、いつもよりゆとりがある。

店の灯《あか》りを厨房《ちゅうぼう》だけ点《つ》け、冷蔵庫にそっとケーキの紙箱をしまいこんで、海里は肩を竦《すく》めてみせた。

「張り切って、でかいケーキ買いすぎたな。まだ半分以上残ってる」

昼間、一緒に買い出しに行ったロイドも、恥ずかしそうに同意した。

「店頭ではもっと小さく見えたのです。ご馳走をいただいたあとでも、きっと食べきれるに違いないと思う程度には」

「目の錯覚ってやつだな。こりゃ、明日《あした》の朝飯もおやつもケーキだぞ」

「それは望むところでございます」

まんざら冗談でもない様子でロイドは力強く応じ、それから急に声を落として、ごく控えめにこう言った。

「ときに海里様、お部屋に戻る前に、お茶など一服、如何《いかが》でございましょうか」

それを聞いて、海里も真顔で頷《うなず》いた。

「いいな。なんかこのまま寝るには、ちょっと腹がいっぱいすぎて」

「まことに。眼鏡に戻ってからも、何かがはみ出してしまいそうです」

「何かって何だよ。つか、どっからはみ出すんだよ。すげえ怖いわ！」

苦笑いしながらも、海里はやかんに水を入れ、火にかける。ロイドの本体であるセルロイドは熱に弱いため、彼は決して火の傍には近づかない。その代わりに、いそいそと自分たち用のマグカップと煎茶《せんちゃ》のティーバッグを出してきて、調理台に並べて置いた。

「それにしてもさあ。夏神さん、なんで『メリークリスマス』ってまともに言えないんだろな。さっきも『メリーな奴』とか言ってたろ」

スツールを出してきてちょこんと腰掛けたロイドも、小首を傾げた。

「そういえば、ディナーを頂く前の乾杯のときも、『まあ、今年もめでたいこっちゃ』と仰せでしたね。我々は『メリークリスマス！』と景気よく声を上げましたのに」

「なあ。何が恥ずかしいんだろうな。イブの夜なら普通に言うだろ、メリクリくらい」

「そう思いますが、何かがお恥ずかしいご様子」

「オッサンの心はわかんねえな。いや待て。俺はまだギリ若者だけど、お前はオッサンどころか、ジジイの域だろ。夏神さんの心境、俺よかわかるんじゃねえの？」

「さて、如何でございましょう。何分、わたしは眼鏡でございますからね。羞恥《しゅうち》を覚えることがらが、人間の皆様とは異なるのかもしれません」

真顔で答えるロイドに、海里はちょっと面食らった様子で口を噤《つぐ》んだ。マグカップ二つにティーバッグを一つずつ入れ、一つには熱湯をたっぷり、もう一つには七割程度注ぐ。

「じゃあ、眼鏡の羞恥ポイントってのは？」

「それはもう、レンズが汚れている……でございましょう」

「あー、それは理解できちゃうな」

そんな他愛《たあい》ない話をしながら、海里はティーバッグをつまみ出してシンクのゴミ入れに放り込み、それから冷凍庫を開け、製氷機の氷を二かけ取って戻ってきた。

それを放り込んだのは、さっき、熱湯を少なめに注いだマグカップである。

熱に弱いロイドのために、海里はお茶をほどよく冷まして作ってやったのだった。

「ほい、生ぬるい粗茶でございますが」

笑いながら氷がみるみるとけつつあるマグカップを押しやる海里に、ロイドはにっこり笑って軽く頭を下げた。

「恐縮です。我が主《あるじ》が手ずから煎《い》れてくださったお茶に、粗《あら》などあろうはずがございません」

「くっそ、お前のほうがこういうとき、断然返しが上手《うま》いんだよなあ。ギャグに落とさないのに上手いのはずるいよ」

「お褒めにあずかり恐縮です。頂戴《ちょうだい》致します」

柔らかく微笑みながら、ロイドはマグカップに指先で触れてもう熱くないことを確かめ、手に取った。一口飲んで、ほうっと満足げな息を吐く。

「やはり、食後は日本茶が美味《おい》しゅうございます」

海里もスツールを出してきてロイドと差し向かいで座ると、自分の熱い茶を吹き冷まして少しだけ飲み、同意する。

「人も眼鏡も、そこは同じだな。こういうときは、コーヒーでも紅茶でもなく、やっぱ煎茶が旨い」

まことに、と相づちを打ってから、ロイドはしみじみとこう言った。

「今年もよきクリスマスイブでございましたね。ご馳走は美味しく、お酒もほどよく進み。病院にいらっしゃる里中様とのネット通話も楽しく」

海里も嬉《うれ》しそうに頷いた。

「手術後の経過はいいみたいだし、リハビリもだいぶ進んで、もうじき退院の目処《めど》もつきそうだって言ってたな。よかったよ」

「まことに。クリスマスのお祝いをご一緒できなかったのは気の毒ですが、退院への意欲をいや増す効果はあったやもしれませんね」

「だな！　イブのご馳走で羨《うらや》ましがらせた埋め合わせは、退院祝いでパーッとやろうぜ」

「大賛成でございます！　夏神様も、きっと腕をふるってくださいますよ」

海里は頷き、しかし急に顔をしかめてこう言った。

「それにしても、夏神さんってさ。何でも教えてくれるし、出し惜しみなんて全然しないけど、そのくせ、たまに凄《すご》いカーブ球を投げてくることがあるんだよな」

「カーブ球でございますか？　眼鏡でありながら、わたしの目は節穴なのでございましょうかね。いっこうに気付きませんでした」

「ああ、違う違う。たとえだよ。遠回しに試してくるってこと」

「はて、それは」

ロイドは戸惑い顔になり、視線で先を促す。海里は、決まり悪そうに肩を竦めた。

「夏神さんが、そろそろフライドチキンもマンネリだからって、今年は『一鶴』の『骨付鳥』をわざわざイブのメインディッシュに取り寄せただろ？」

ロイドは頷き、鶏《とり》の味を反芻《はんすう》するように目を細めた。

「美味しゅうございましたねえ！『ひなどり』は柔らかくあっさりした味わいで、『おやどり』は驚くほどの歯ごたえがあって味わいは滋味深く。ああも違うものかと驚かされました。お皿の油にざく切りのキャベツをつけて食するのも、罪深いような健康的なような……」

「いつも言うけど、眼鏡のくせに俺より上手い食レポすんな！」

冗談半分本気半分で軽く憤慨《ふんがい》してみせてから、海里はやけに真面目な顔で言った。

「くそっ、凄く旨かったよな」

「は、はあ。何故、さように腹立たしげになさるのです？」

「俺の考えは浅い。ここに来た頃よりはちょっとは進歩したかと思ったけど、まだペラッペラだったって思い知らされたからだよ、夏神さんとあの鶏に」

　適度に温《ぬる》いお茶を美味しそうに飲んでから、ロイドは怪訝《けげん》そうに眉根《まゆね》を寄せた。

「如何《いかが》されました？　美味しい鶏を召し上がって、何故そのような自虐《じぎゃく》を」

「自虐じゃねえよ。事実とそれに対する反省」

「はて、どうにもわかりませんなあ」

　だろうな、と受けて、海里は小さな溜《た》め息をついた。

「確か、お前が眼鏡屋さんにメンテナンスに行って留守だったときのことだと思うんだけど、店の仕込みをしてたら、テレビで旅グルメ番組が始まったんだ」

「おや、それは楽しそうでございますね」

「まあな。で、芸能人がすっげえ高そうなでっかい伊勢《いせ》エビを獲《と》って……いやまあ、獲ったのは一緒にいた漁師さんだけど、その伊勢エビを、地元のシェフが超豪華なエビチリにするって流れでさ」

　意外そうに、さっきひそめられたロイドの眉が、今度はヒョイと上がる。

「お刺身かと思いましたら、なんと、エビチリでございますか。なんとも贅沢《ぜいたく》な」

「だろ！　贅沢な上に、なんか勿体《もったい》ない気がしてさ」

「勿体ない、とは？」

「だって、見るからにそのまんまで旨《うま》い伊勢エビじゃん。ガチガチに強い味付けなんかしたら、素材の味が台無しで勿体ない！　って俺は言ったわけ」

「そのとおりでけ？」

「と思ったのに、夏神さんは『そやろかなあ』って曖昧《あいまい》な返事をしただけでさ。なんかスッキリしなかったけど、そんときはそれで話が終わったんだよな。で、今日よ」

ロイドはますますわからないと言いたげに、視線で先を促す。海里は、膨れっ面で話を続けた。

「今日食べた鶏、滅茶苦茶《めちゃくちゃ》味つけが濃かったけど、素材の味は台無しになんてなってなかったろ」

「ああ！」

ようやく納得したロイドは、晴れやかな笑顔で手を打った。

「言われてみれば！　強い調味料の味を、どっしりと鶏肉が受け止めて、まさに丁丁発止でございましたね。どちらも一歩も退《ひ》かず、互角に戦いつつ見事な調和を……」

「だから、俺より上手いこと言うなっつの。でも、そうなんだよな。いい素材、旨い素材だからこそ、強い味つけにも負けないんだなって、あの鶏を食って気がついた。つまり、伊勢エビをエビチリにするのは、必ずしも勿体なくなかったってこと」

「なるほど。それを海里様に教えるための骨付鳥でございましたか！」

「夏神さんが本当にそのつもりでお取り寄せしたのか、ただ食いたかったのかはわかんないけど。でも、たぶん前者だったんだと思う。言葉で言ってもわかんないから、実地でって考えたんじゃないかな。くそ、イブの夜にぶちのめされるって、ダサいよな」

むくれる海里を、ロイドはやんわりと慰める。

「夏神様らしいお考えですね。ですが、それに海里様がお気づきになって初めて、仕掛けが活《い》きるわけですから、お二人共が素晴らしいのですよ」

「丸く収めるなあ」

「クリスマスには、戦いを止めねば。さような歌がございましたでしょう」

さらりとジョン・レノンの歌を持ち出すロイドを、海里はどこか眩《まぶ》しそうに見た。

「守備範囲広いな、お前。どうやったらそんなに博識になれんの？」

「それは、年の功としか。海里様も、来年は今年よりきっと博識におなりですよ」

ロイドの先輩ぶった発言に、海里は今度は素直に頷《うなず》いた。

「そうだな。李英の奴、しばらくはこっちで療養するらしいし、先輩としていいとこ見せなきゃな！　よーし、来年の抱負は、『博識になる』だ。協力頼むぜ、相棒」

「僕《しもべ》でございますが、かしこまりました。厳しく参りますよ？　ですが、今宵《こよい》は平和に」

「イブだからな。メリー・クリスマス」

「はい、メリー・クリスマスでございます！」

さっきはワイングラスで、そして二度目の今はお茶を満たしたマグカップで、二人はクリスマスイブを祝し、乾杯したのだった……。

どうも、夏神です。今回は、ささっとできる丼もんと、ちょいとじっくり腰を据えて、そうは言うてもめちゃくちゃ簡単な副菜をご紹介します。どっちも簡単で安上がりなんで、是非、試してみてください。

イラスト／くにみつ

ちょいとボリュームがほしいときの木の葉丼

★材料（2人前）

ごはん　2膳分＋α

あんまり飯が多いと物足りん丼になるんで、まあほどほどに

つゆ

出汁　100mlくらい

勿論、「出汁のもと」を使うてもろてOKです

みりん、醬油　各大さじ1

具材

かまぼこ、またはちくわ　適量

少のうてもそこそこ多うても美味しゅうできます。正直言うと、木の葉やのうなるんですが、俺はちくわで作るんが好きです

青ネギ、またはタマネギ　適量

タマネギやったら1/4くらいでええと思います

卵　3〜4個

Lサイズなら3個、S・Mサイズなら4個くらいのさじ加減

天かす　大さじ2

★作り方

❶かまぼこは細切りに。まあ、食べやすいように好きに切ってくれたらええです。ちくわのときは、薄めの輪切りに。青ネギは斜めに細切り。タマネギやったら薄切りに。

❷小さめのフライパンか浅い鍋に、出汁とみりん、醬油を入れて弱めの中火にかけてください。すぐに青ネギかタマネギ、それにかまぼこを投入して大丈夫です。このときのつゆの味を覚えてもろたら、次回からはめんつゆを薄めて、同じくらいの濃さにして使うてもええですよ。甘味がもうちょっとほしいなっちゅうときは、砂糖をひとつまみ足してください。俺は足したいけど、イガは要らんて言うんですわ……。

❸青ネギ（タマネギ）がしんなりしたら、天かすを振り入れてざっと馴染ませて、ふつふつとつゆが沸いとるところに、とき卵を流し込んでください。外側から円を描くように入れると気持ちようまんべんのう入ります。

❹全体を搔き混ぜたりはせんと、火が通りやすい鍋の縁のあたりから中央に向けて、卵を入れ替える感じで箸でやさしゅう移動させてやると、まんべんのう火が通って、全体的にふっくらしてきます。そのあたりが頃合いやけど、もっととろとろの卵が好きやったら、少し早めに火を止めてもろても。

❺丼にごはんを盛り、その上に具を滑らせるように乗せて、お好みでもみ海苔やら七味やら山椒やらを振ってどうぞ。天かすがええこくを出してくれるんで、かまぼこもちくわもあれへんわ、というときは卵だけでもいけます。ちりめんじゃこなんかを入れてもええですね。

ニンジンのくたくた炒め

★材料（作りやすい量）

ニンジン　大きめ2本

多いと思うかもしれへんですが、まかないで作ると、イガもロイドもひとりで1本ぺろっと平らげます

お好みの油　大さじ1〜2

俺は、ごま油と、太白ごま油か米油を半々で使うてます。ごま油は人参と相性がええので、あったら是非使うてください

すりごま　大さじ1〜2
塩　少々
醬油　少々

★作り方

❶まずはとにかく、ニンジンを長めの千切りにしてください。皮は剝いてもつけたままでもお好みでええです。長さを半分にして、スライサーで千切りにしてもらうんが、いちばん簡単でええ細さにまとまると思います。手でやるときは、ニンジンを薄く斜めにスライスして、それを少しずつずらして重ねて、千切りにするとええです。ちょっと手間ですけど、頑張ってください。

❷フライパンにまずは油を大さじ1くらい入れて、弱めの中火にかけます。ほんで、ニンジンを一気にどさーっと入れてください。箸でよう混ぜて油を絡めながら炒めていきます。油が足りんなと思うたら、炒めながらほんの少しずつ足してください。あんまし最初から多いと、ギトギトしてしまうんで。

❸ニンジンがちょっとしんなりしてきたら弱火にして、そこから10分くらいかけて、じっくり炒めていきます。箸で持ち上げたときに、しっかりした感じがあったら、まだまだ。「おい大丈夫かお前」て言いたなるくらい、しんなりぐったりするまで炒めてほしいんですわ。まあ、ずっと混ぜくりかえしてへんかっても大丈夫なんで、よそごとをしながら、ちょいちょい混ぜてやってください。

❹十分ニンジンがぐんにゃりしたら、いっぺん食べてみてください。甘！　てなると思います。そしたら、塩パラリ、醬油ほんのちょっとで淡う味をつけて、すりごまをお好みの量、和えてもろたら完成です。

❺そのまま器に盛って食卓に出してもろてもええですし、あるもん……たとえばいりごまやら、松の実、おつまみのピーナツなんかをトッピングしてもらうと、香ばしさがプラスされて旨いもんです。イガはこないだ、ピスタチオを包丁でざっくり刻んで散らしてました。あいつらしゅうて、洒落てますな。味もよかったです。

❻この料理は、出来たてよりも、味が馴染んで人肌くらいに冷めてからが旨いです。その頃に摘まんでみて、味が足りんかったら、塩か醬油を少しだけ足して味を調えてください。先に紹介した木の葉丼の卵の下に、これをちょいと敷いても乙なもんです。

こないだ、イガがなんやクサクサした気分やったらしゅうて、「カロリー的に罪深いおやつを貪りたい!」っちゅうんで作ったおやつをご紹介しましょか。
「旨い！　けどこんなに罪深くなくてもよかった!」て言いもって、むしゃむしゃ食うてました。ロイドにも好評やったんで、イガと似たような気分のときに試してください。

イガのリクエストで作った「罪深いおやつ」

★材料(一応2人前)

食パン　2枚

厚みは、いちばん扱いやすいんはサンドイッチ用のスライスです

お好みのジャムやあんこ

俺としては、酸味のあるベリー系のジャムがさっぱり食えてええん違うかなと。とことん罪深さを追求するんやったら、あんこかもしれへんです

小麦粉　少々

揚げ油　大さじ2弱

★作り方

❶食パンの耳を落として、厚みのあるスライスやったら、麺棒でサンドイッチ用程度に潰して薄くしといてください。
❷ジャムやあんこを薄めに塗ります。巻き終わりになる端っこだけ塗らんと、そこには小麦粉を水でのばして、ネトネトのペーストを作って塗っといてください。
❸端からくるくる巻いて、巻き終わりは小麦粉のペーストでしっかり止めてください。上手いこといかんかったら、巻き終えた両端から、反対側の真ん中に向けて、斜めに1本ずつ爪楊枝を刺してもろてもええです。その場合は、爪楊枝の両端がほとんどパンの外に出てこんようにしといてください。
❹フライパンに油を引いて中火にかけます。十分に油が熱うなったら、巻いたパンを投入して、素早く全体に油をまぶしてください。ようけぇの油で揚げてもええんですけど、罪深さが振り切れる気ぃがするんで、揚げ焼きが無難やと思います。
❺あとは、弱めの中火で、全周がこんがりカリッとするまで気長に転がしながら焼いてください。まあ、火ぃ通さんとヤバいもんはないんで、そう神経質にならんでええです。焼けたら、キッチンペーパーに取って余計な油をしっかり吸わして、爪楊枝を刺しとったら忘れず抜いて、あとは食べるだけですわ。そのまんま熱々を齧っても旨いですし、冷めてから1cmくらいの厚みに切ると、切り口が鳴門模様になってええ感じです。イガは熱々を、ロイドは冷めてから食うてました。

本書は書き下ろしです。
この作品はフィクションです。実在の人物、団体等とは一切
関係ありません。

最《さい》後《ご》の晩《ばん》ごはん

後輩とあんかけ焼きそば

椹《ふし》野《の》道流《みちる》

令和３年 ７月25日　初版発行
令和６年 12月10日　４版発行

発行者●山下直久

発行●株式会社KADOKAWA
〒102-8177　東京都千代田区富士見2-13-3
電話　0570-002-301（ナビダイヤル）

角川文庫 22752

印刷所●株式会社KADOKAWA
製本所●株式会社KADOKAWA

表紙画●和田三造

ISBN 978-4-04-111527-5　C0193

◆◇◇